suhrkamp taschenbuch 4621

Der erfolgreiche Dokumentarfilmer Jean reist nach Paris. Freunde und Familie läßt er in dem Glauben, er sei nach Brasilien aufgebrochen. Doch in Wahrheit beginnt er eine Recherche. In Wohnungen, Cafés und Straßen sucht er nach Indizien und Relikten einer Frau, die ihn nie losgelassen hat. Jahre zuvor war er ihr sowie ihrem Ehemann Rigaud zum ersten Mal an der Côte d'Azur begegnet. Später trafen sie sich in Paris wieder, und wieder ein paar Jahre später erfuhr Jean in einem Mailänder Hotel von ihrem Selbstmord.

In Paris nun bezieht er eine Wohnung, von der er glaubt, Ingrid habe sie mit Rigaud bewohnt. Er beginnt, anhand von winzigen Details Ingrids Geschichte niederzuschreiben, in all ihren »disparaten Einzelheiten, die von einem unsichtbaren Faden zusammengehalten werden, einem Faden, der zu reißen droht und den man den Lauf eines Lebens nennt«.

Patrick Modiano, geboren 1945 bei Paris als Sohn einer Schauspielerin und eines jüdischen Emigranten, publizierte bereits im Alter von 22 Jahren seinen ersten Roman. 1978 erhielt er für *Die Gasse der dunklen Läden* den Prix Goncourt. 2014 wurde Modiano der Nobelpreis verliehen.

Im Suhrkamp Verlag sind von ihm u.a. erschienen: *Eine Jugend* (st 4615), *Villa Triste* (st 4616), *Die Gasse der dunklen Läden* (st 4617), *Pariser Trilogie* (st 4618), *Straferlaß* (st 4619) sowie *Sonntage im August* (st 4620).

Patrick Modiano
Hochzeitsreise

Roman

Aus dem Französischen von
Andrea Spingler

Suhrkamp

Die Originalausgabe erschien 1990 unter dem Titel
Voyage de noces
bei Gallimard.

Umschlagfoto: IMAGNO/Franz Hubmann

Erste Auflage 2014
suhrkamp taschenbuch 4621

Druck und Bindung: CPI – Ebner & Spiegel, Ulm
Umschlag: hißmann, heilmann, hamburg
Printed in Germany
ISBN 978-3-518-46621-6

FÜR ROBERT GALLIMARD

Die Sommertage werden wiederkehren, aber die Hitze wird nie mehr so drückend sein und die Straßen nie mehr so leer wie an jenem Dienstag in Mailand. Es war der Tag nach dem 15. August. Ich hatte meinen Koffer zur Aufbewahrung gegeben, und als ich aus dem Bahnhof trat, hatte ich einen Augenblick gezögert: unter dieser bleiernen Sonne konnte man nicht durch die Stadt gehen. Fünf Uhr nachmittags. Vier Stunden Warten auf den Zug nach Paris. Ich mußte eine Zuflucht finden, und meine Schritte haben mich einige hundert Meter über eine Straße am Bahnhof entlang hinaus geführt bis zu einem Hotel, dessen imposante Fassade mir aufgefallen war.

Die Wandelgänge aus hellem Marmor boten Schutz vor der Sonne, und in der Kühle und im Dämmerlicht der Bar war man wie auf dem Grund eines Brunnens. Heute erinnert mich die Bar an einen Brunnen und das Hotel an einen riesigen Bunker, doch damals gab ich mich damit zufrieden, mit einem Strohhalm eine Mischung aus Grenadine und Orangensaft zu trinken. Ich hörte dem Barmann zu, dessen Gesicht meinem Gedächtnis entschwunden ist. Er sprach mit einem anderen Gast, und ich wäre außerstande, das Aussehen und die Kleidung dieses Mannes zu beschreiben. Nur eines hat in meiner Erinnerung von ihm überdauert: seine Art, die Unterhaltung durch ein »Mah« zu interpunktieren, das klang wie ein trauriges Bellen.

Zwei Tage zuvor, am Vorabend des 15. August, hatte sich in einem Zimmer des Hotels eine Frau umgebracht. Der Barmann erklärte, ein Krankenwagen sei gerufen worden, aber es habe nichts genützt. Am Nachmittag hatte er die Frau gesehen. Sie war an die Bar gekommen. Sie war allein. Nach dem Selbstmord hatte die Polizei ihn, den Barmann, verhört. Er hatte ihnen nicht viele Einzelheiten liefern können. Eine Brünette. Der Hoteldirektor hatte eine gewisse Erleichterung empfunden, denn die Sache war dank der zu dieser Jahreszeit wenig zahlreichen Gäste unbemerkt geblieben. Im *Corriere* hatte an diesem Morgen eine Meldung gestanden. Eine Französin. Was wollte sie im August in Mailand? Sie hatten sich zu mir umgedreht, als erwarteten sie, daß ich ihnen die Antwort gebe. Dann hatte der Barmann auf französisch zu mir gesagt:

»Im August darf man nicht hierher kommen. Im August ist in Mailand alles geschlossen.«

Der Andere hatte mit seinem traurigen »Mah« beigepflichtet. Und beide hatten mich mit mißbilligendem Blick betrachtet, um mich auch recht spüren zu lassen, daß ich eine Ungeschicklichkeit, ja, mehr als eine Ungeschicklichkeit, einen ziemlich schweren Fehler begangen hatte, indem ich im August in Mailand gestrandet war.

»Sie können es überprüfen«, hatte der Barmann zu mir gesagt. »Nicht ein einziges Geschäft offen heute in Mailand.«

Ich habe mich in einem der gelben Taxis wiedergefunden, die vor dem Hotel standen. Der Chauffeur, der das Zögern des Touristen bemerkte, hat vorgeschlagen, mich zum Domplatz zu fahren.

Die Straßen waren leer und alle Geschäfte geschlossen. Ich habe mich gefragt, ob die Frau, von der sie vorhin sprachen, auch in einem gelben Taxi durch Mailand gefahren war, bevor sie ins Hotel zurückgekehrt war und sich umgebracht hatte. Ich glaube nicht, daß ich damals gedacht habe, das Schauspiel der ausgestorbenen Stadt könnte sie dazu gebracht haben, ihren Entschluß zu fassen. Im Gegenteil, wenn ich einen Begriff suche, der den Eindruck wiedergibt, den Mailand an diesem 16. August auf mich machte, dann fällt mir sofort ein: Offene Stadt. Die Stadt, so schien mir, gönnte sich eine Pause, und die Bewegung und der Lärm würden von neuem beginnen, da war ich sicher.

Auf dem Domplatz zu Füßen der Kathedrale irrten Touristen mit Mützen umher, und eine große Buchhandlung am Eingang zur Galleria Vittorio Emmanuele war erleuchtet. Ich war der einzige Kunde und blätterte unterm elektrischen Licht in den Büchern. War sie am Tag vor dem 15. August in diese Buchhandlung gekommen? Ich hatte Lust, den Mann zu fragen, der im Hintergrund der Buchhandlung beim Regal mit den Kunstbänden an einem Schreibtisch saß. Aber ich wußte fast nichts über sie, außer daß sie brünett und Französin war.

Ich bin die Galleria Vittorio Emmanuele entlanggegangen. Alles, was es in Mailand an Lebendigem gab, hatte sich dorthin geflüchtet, um den mörderischen Sonnenstrahlen zu entkommen: Kinder um einen Eisverkäufer herum, Japaner und Deutsche, Süditaliener, die die Stadt zum ersten Mal besuchten. Drei Tage zuvor wären wir uns vielleicht in der Galleria begegnet, diese Frau und ich, und da wir beide Franzosen waren, hätten wir ein Gespräch angeknüpft.

Noch zwei Stunden bis zum Zug nach Paris. Erneut bin ich in eins der gelben Taxis gestiegen, die in einer Reihe auf dem Domplatz warteten, und habe dem Fahrer den Namen des Hotels genannt. Es wurde Abend. Die Straßen, die Gärten, die Trambahnen dieser fremden Stadt und die Hitze, die einen noch mehr isoliert, all das stimmt heute für mich mit dem Selbstmord dieser Frau überein. Doch damals im Taxi sagte ich mir, daß es ein unglücklicher Zufall gewesen sei.

Der Barmann war allein. Wieder hat er mir eine Mischung aus Grenadine und Orangensaft serviert.

»Na, haben Sie's gesehen ... Die Geschäfte in Mailand sind geschlossen ...«

Ich habe ihn gefragt, ob die Frau, von der er vorhin gesprochen hatte und von der er respektvoll und hochtrabend sagte, sie habe »ihrem Leben ein Ende bereitet«, schon lange vorher ins Hotel gekommen sei.

»Nein, nein ... Drei Tage, bevor sie ihrem Leben ein Ende bereitet hat ...«

»Woher kam sie?«

»Aus Paris. Sie wollte Freunde treffen, die in Ferien im Süden waren. Auf Capri ... Die Polizei hat das gesagt ... Morgen soll jemand von Capri kommen, um all die Angelegenheiten zu regeln.«

All die Angelegenheiten regeln. Was hatten diese trostlosen Worte mit dem blauen Himmel, den Meeres-

grotten, der sommerlichen Leichtigkeit gemein, die Capri beschwor?
»Eine sehr hübsche Frau ... Hier hat sie gesessen ...«
Er zeigte auf einen Tisch ganz hinten.
»Ich habe ihr das gleiche serviert wie Ihnen ...«
Mein Zug nach Paris fuhr jetzt ab. Draußen war es dunkel, doch die Hitze war noch genauso erstickend wie mitten am Nachmittag. Ich überquerte die Straße, den Blick auf die monumentale Fassade des Bahnhofs gerichtet. In der riesigen Halle der Gepäckaufbewahrung habe ich alle meine Taschen nach dem Zettel durchsucht, der mich wieder in den Besitz meines Koffers bringen sollte.
Ich hatte den *Corriere della Sera* gekauft. Ich wollte die der Frau gewidmete Meldung lesen. Diese Frau war sicher auf dem Bahnsteig, auf dem ich mich jetzt befand, aus Paris eingetroffen, und ich würde den umgekehrten Weg zurücklegen, fünf Tage später ... Welch sonderbare Idee, hierher zu kommen und sich umzubringen, wenn Freunde auf Capri warteten ... Es gab vielleicht ein Motiv für diese Handlung, das mir für immer verborgen bleiben würde.

Mailand, ich bin letzte Woche wieder dort gewesen, aber ich habe den Flughafen nicht verlassen. Es war nicht mehr wie vor achtzehn Jahren. Ja: achtzehn Jahre, ich habe die Jahre an den Fingern abgezählt. Diesmal habe ich kein gelbes Taxi genommen, um mich zum Domplatz und zur Galleria Vittorio Emmanuele fahren zu lassen. Es regnete, ein schwerer Juniregen. Kaum eine Stunde Wartezeit, und ich würde in ein Flugzeug steigen, das mich nach Paris zurückbrächte.
Ich war Transitreisender und saß in einer großen verglasten Halle des Mailänder Flughafens. Ich habe an jenen Tag vor achtzehn Jahren gedacht, und zum ersten Mal seit dieser ganzen Zeit hat die Frau, die »ihrem Leben ein Ende bereitet hat« – wie der Barmann sagte –, wirklich angefangen, mich zu beschäftigen.
Die Flugkarte nach Mailand, hin und zurück, hatte ich am Vortag aufs Geratewohl in einem Reisebüro der Rue Jouffroy gekauft. Zu Hause hatte ich sie ganz unten in einem meiner Koffer versteckt, wegen Annette, meiner Frau. Mailand. Ich hatte die Stadt auf gut Glück unter drei anderen gewählt: Wien, Athen und Lissabon. Das Ziel spielte keine Rolle. Das einzige Problem war, ein Flugzeug zu wählen, das zur selben Zeit abfliegen würde wie das, mit dem ich nach Rio de Janeiro fliegen sollte.
Sie hatten mich zum Flughafen begleitet: Annette, Wetzel und Cavanaugh. Sie legten diese falsche Munterkeit an den Tag, die ich zu Beginn unserer Expedi-

tionen oft bemerkt hatte. Ich bin nie gern verreist, und an diesem Tag noch weniger als sonst. Ich hatte Lust, ihnen zu sagen, daß wir über das Alter hinaus seien, in dem man diesen Beruf ausübt, der mit dem altmodischen Namen »Forschungsreisender« bezeichnet werden muß. Würden wir noch lange unsere Dokumentarfilme im Pleyel-Saal oder in immer seltener werdenden Provinzkinos vorführen? Wir hatten, als wir sehr jung waren, dem Beispiel unserer Vorfahren folgen wollen, doch es war schon zu spät für uns. Es gab kein unberührtes Land mehr zu erforschen.

»Ruf uns an, sobald du in Rio bist ...«, hat Wetzel gesagt.

Es handelte sich um eine Routineexpedition: ein neuer Dokumentarfilm, den ich drehen sollte und der wie so viele andere *Auf den Spuren von Colonel Fawcett* heißen würde, ein Vorwand, um einige Dörfer am Rand des Mato Grosso zu filmen. Diesmal hatte ich beschlossen, daß man mich in Brasilien nicht zu sehen bekäme, aber ich wagte nicht, es Annette und den anderen zu gestehen. Sie hätten nichts begriffen. Und außerdem wartete Annette auf meine Abreise, um mit Cavanaugh allein zu sein.

»Umarme die brasilianischen Freunde«, hat Cavanaugh gesagt.

Er spielte auf das Technikerteam an, das schon abgereist war und mich auf der anderen Seite des Ozeans im Hotel Souza in Rio de Janeiro erwartete. Nun, sie könnten lange auf mich warten ... Nach achtundvierzig Stunden käme allmählich eine leichte Unruhe über sie. Sie würden in Paris anrufen. Annette würde das

Telefon abheben, Cavanaugh nähme den Hörer. Verschwunden, ja, ich war verschwunden. Wie Colonel Fawcett. Doch mit dem Unterschied: ich hatte mich schon zu Beginn der Expedition verflüchtigt, was sie noch mehr beunruhigte, denn sie würden feststellen, daß mein Platz im Flugzeug nach Rio leer geblieben war.

Ich hatte ihnen gesagt, daß es mir lieber wäre, wenn sie mich nicht bis zum Abflug begleiteten, und ich hatte mich zu der kleinen Gruppe umgedreht mit dem Gedanken, daß ich sie nie mehr im Leben wiedersehen würde. Wetzel und Cavanaugh gaben sich frohgemut wegen unseres Berufs, der nicht wirklich einer war, sondern eine Weise, den Kindheitsträumen nachzujagen. Würden wir noch lange alte junge Leute bleiben? Sie schwenkten die Arme zum Zeichen des Abschieds. Annette hatte mich gerührt. Sie und ich, wir waren genau gleich alt, und sie war eine dieser etwas verblühten Däninnen geworden, die mich anzogen, als ich zwanzig war. Damals waren sie älter als ich, und ich liebte ihre beschützende Sanftmut.

Ich wartete, bis sie die Halle verlassen hatten, um zum Abflug nach Mailand zu gehen. Ich hätte sofort heimlich nach Paris zurückkehren können. Doch ich verspürte das Bedürfnis, zunächst einen Abstand zwischen sie und mich zu bringen.

Einen Augenblick lang war ich in dieser Wartehalle für Transitreisende versucht, aus dem Flughafen hinauszugehen und dem gleichen Weg durch die Straßen

Mailands zu folgen wie damals. Doch es war unnötig. Sie war nur zufällig zum Sterben hierhergekommen. Ich mußte ihre Spuren in Paris finden.
Auf dem Rückflug überließ ich mich einem Gefühl der Euphorie, wie ich es seit meiner ersten Reise mit fünfundzwanzig Jahren zu den pazifischen Inseln nicht mehr erlebt hatte. Danach hatte es noch viele andere Reisen gegeben. Das Beispiel von Stanley, Savorgnan, Brazza und Alain Gerbault, von deren Taten ich in meiner Kindheit gelesen hatte? Vor allem das Bedürfnis zu fliehen. Ich fühlte es in mir, heftiger denn je. Hier, in diesem Flugzeug, das mich nach Paris zurückbrachte, hatte ich den Eindruck, weiter noch zu fliehen, als wenn ich, wie ich es hätte sollen, in das Flugzeug nach Rio gestiegen wäre.

Ich kenne zahlreiche Hotels in den Randbezirken von Paris, und ich hatte beschlossen, sie regelmäßig zu wechseln. Das erste, in dem ich ein Zimmer gemietet habe, war das Hotel Dodds an der Porte Dorée. Dort lief ich keine Gefahr, Annette zu begegnen. Nach meiner Abreise hatte Cavanaugh sie sicherlich mit in seine Wohnung in der Avenue Duquesne genommen. Vielleicht hatte sie von meinem Verschwinden nicht gleich erfahren, denn niemand – nicht einmal Wetzel – wußte, daß sie die Geliebte von Cavanaugh war, und das Telefon wird bei uns, in der Cité Véron, vergebens geläutet haben. Und dann, nach einigen Tagen ihres Honigmondes, war sie schließlich doch auf einen Sprung in die Cité Véron gegangen, wo sie – wie ich vermute – ein Telegramm erwartete: »Team Rio sehr besorgt. Jean nicht im Flugzeug vom 18. Dringend Hotel Souza anrufen.« Und Cavanaugh war zu ihr in die Cité Véron gekommen, um ihre Beklommenheit zu teilen.

Ich fühle mich nicht im geringsten beklommen. Sondern leicht, sehr leicht. Und ich lehne es ab, daß all dies eine dramatische Färbung annimmt: ich bin jetzt zu alt. Sobald mir das Bargeld ausgeht, werde ich versuchen, mich mit Annette zu verständigen. Ein Anruf in der Cité Véron wäre unklug wegen Cavanaughs Anwesenheit. Doch ich werde schon eine Möglichkeit finden, mich insgeheim mit Annette zu verabreden. Und ich werde mich ihres Schweigens versichern. Dann ist es an ihr, die zu entmutigen, die sich gern auf die Suche nach mir machen würden. Sie ist recht geschickt darin, Spuren zu verwischen und sie so gut zu verwischen, daß es sein wird, als hätte es mich nie gegeben.

Das Wetter ist heute schön an der Porte Dorée. Doch die Hitze ist nicht so drückend, und die Straßen sind nicht so leer wie in Mailand, an jenem Tag vor achtzehn Jahren. Dort drüben, auf der anderen Seite des Boulevard Soult und des Platzes mit dem Springbrunnen drängen sich Gruppen von Touristen am Eingang des Zoos, und andere steigen die Stufen des ehemaligen Kolonialmuseums hinauf. Es hat eine Rolle gespielt in unserem Leben, dieses Museum, das wir als Kinder besuchten, Cavanaugh, Wetzel und ich, und auch die-

ser Zoo. Wir haben dort von fernen Ländern und Expeditionen ohne Wiederkehr geträumt.
Nun bin ich an den Ausgangspunkt zurückgekehrt. Auch ich werde gleich eine Eintrittskarte kaufen, um den Zoo zu besuchen. Bis in ein paar Wochen wird bestimmt in irgendeiner Zeitung ein kleiner Artikel erscheinen, der das Verschwinden von Jean B. bekanntgeben wird. Annette wird meinen Anweisungen folgen und die Leute glauben machen, daß ich mich auf meiner letzten Brasilienreise in nichts aufgelöst habe. Die Zeit wird vergehen, und ich werde auf der Liste der verlorengegangenen Forschungsreisenden stehen, nach Fawcett und Mauffrais. Niemand wird je erraten, daß ich an den Toren von Paris gestrandet bin und daß dies das Ziel meiner Reise war.
Sie bilden sich ein, in ihren Nachrufen den Lauf eines Lebens nachzeichnen zu können. Aber sie wissen nichts. Vor achtzehn Jahren lag ich in meinem Liegewagenabteil, als ich die Meldung im *Corriere della Sera* las. Es gab mir einen Stich ins Herz: diese Frau, um die es ging und die ihrem Leben ein Ende bereitet hatte – wie der Barmann sich ausdrückte –, ich hatte sie gekannt. Der Zug stand lange im Bahnhof von Mailand, und ich war so aufgewühlt, daß ich mich fragte, ob ich nicht den Wagen verlassen und zum Hotel zurückkehren sollte, als hätte ich noch eine Chance, sie wiederzusehen.
Im *Corriere della Sera* hatten sie sich in ihrem Alter geirrt. Sie war fünfundvierzig Jahre alt. Sie nannten sie bei ihrem Mädchennamen, obwohl sie immer noch mit Rigaud verheiratet war. Doch auch das, wer wußte

es schon, außer Rigaud, mir und den Standesbeamten? Durfte man ihnen diesen Irrtum wirklich vorwerfen und war es nicht schließlich doch richtiger, ihr den Mädchennamen gegeben zu haben, den Namen, den sie die ersten zwanzig Jahre ihres Lebens trug?
Der Barmann des Hotels hatte gesagt, daß jemand käme, um »all die Angelegenheiten zu regeln«. War es Rigaud? Im Augenblick, als der Zug anfuhr, habe ich mich in Gegenwart eines Rigaud gesehen, der durch die Umstände nicht mehr der gleiche gewesen wäre, wie der vor sechs Jahren. Hätte er mich wiedererkannt? Ich hatte ihn nicht wiedergesehen, seit sie, Ingrid und er, vor sechs Jahren meinen Weg gekreuzt hatten.
Ingrid hatte ich einmal in Paris wiedergesehen. Ohne Rigaud.
Vor dem Fenster zog langsam ein stiller Vorstadtbezirk unter dem Mond vorüber. Ich war allein im Abteil. Ich hatte nur das Nachtlicht über meiner Liege angeschaltet. Es hätte genügt, wenn ich drei Tage früher nach Mailand gekommen wäre, um Ingrid in der Hotelhalle zu begegnen. Am Nachmittag, als das Taxi mich zum Domplatz fuhr, hatte ich das gleiche gedacht, doch ich wußte noch nicht, daß sie es war.
Worüber hätten wir gesprochen? Und wenn sie getan hätte, als erkenne sie mich nicht? So tun? Aber sie mußte sich schon so weit weg von allem fühlen, daß sie mich nicht einmal bemerkt hätte. Oder sie hätte vielleicht ein paar Worte aus reiner Höflichkeit mit mir gewechselt, um mich dann für immer zu verlassen.

Man kann nicht mehr über die Innentreppe den großen Felsen im Zoo erklimmen, der »Felsen der Gemsen« heißt. Er droht einzustürzen und ist in eine Art Haarnetz gehüllt. Der Beton hat stellenweise Risse, und die verrosteten Eisenstangen der Armierung kommen zum Vorschein. Doch ich war glücklich, die Giraffen und die Elefanten wiederzusehen. Samstag. Zahlreiche Touristen machten Fotos. Und Familien, die noch nicht in Ferien gefahren waren oder die nicht wegfahren würden, kamen in den Zoo von Vincennes wie zu einem Ort der Sommerfrische.

Jetzt setze ich mich auf eine Bank gegenüber dem Daumesnil-See. Später werde ich ins Hotel Dodds zurückgehen, ganz in der Nähe, zwischen diesen Mietshäusern, die an das ehemalige Kolonialmuseum angrenzen. Vom Fenster meines Zimmers aus werde ich auf den Platz und die Wasserspiele des Springbrunnens schauen. Hätte ich mir damals, als ich Ingrid und Rigaud begegnet bin, vorstellen können, daß ich nach über zwanzig Jahren Reisen in ferne Länder hier, an der Porte Dorée, stranden würde?

Bei meiner Rückkehr von Mailand in jenem Sommer wollte ich mehr über Ingrids Selbstmord wissen. Unter der Telefonnummer, die sie mir gegeben hatte, als ich sie zum ersten und zum letzten Mal allein in Paris gesehen hatte, meldete sich niemand. Und sie hatte mir ohnedies gesagt, daß sie nicht mehr mit Rigaud zusammenlebte. Ich habe eine andere Nummer wiedergefunden, jene, die Rigaud hastig aufgeschrieben hatte, als mich beide sechs Jahre zuvor an den Bahnhof von Saint-Raphaël begleiteten. KLEBER 83-85.

Eine Frauenstimme hat mir gesagt, »man hat Monsieur Rigaud schon lange nicht mehr gesehen«. Ob ich ihm schreiben könne? »Wenn Sie wollen, Monsieur. Ich garantiere Ihnen nichts.« Da habe ich sie nach der Adresse von KLEBER 83-85 gefragt. Es war ein Haus mit möblierten Appartements in der Rue Spontini. Ihm schreiben? Doch die Beileidsworte schienen mir weder Ingrid noch ihm, Rigaud, zu entsprechen.

Ich habe zu reisen begonnen. Die Erinnerung an sie ist verblaßt. Ich war ihnen nur über den Weg gelaufen, ihr und Rigaud, und unsere Beziehungen waren oberflächlich geblieben. Drei Jahre nach Ingrids Selbstmord, in einer Sommernacht in Paris, als ich allein war – auf der Durchreise, genauer gesagt: ich kam aus Ozeanien und sollte ein paar Tage später nach Rio de Janeiro fliegen –, habe ich erneut das Bedürfnis verspürt, KLEBER 83-85 anzurufen. Ich erinnere mich, ich bin eigens in ein großes Hotel der Rue de Rivoli gegangen. Bevor ich der Telefonistin die Nummer gab, ging ich in der Halle auf und ab und bereitete die Sätze vor, die ich Rigaud sagen würde. Ich fürchtete, vor Lampenfieber stumm zu bleiben. Doch diesmal hat sich niemand gemeldet.

Und die Jahre folgten aufeinander, die Reisen, die Vorführungen von Dokumentarfilmen im Pleyel-Saal und anderswo, ohne daß Ingrid und Rigaud mich besonders beschäftigten. Der Abend, an dem ich ein letztes Mal versucht hatte, Rigaud anzurufen, war ein Sommerabend wie heute: die gleiche Hitze und ein Gefühl von Fremdheit und Einsamkeit, doch so blaß im Vergleich zu dem, was ich augenblicklich empfinde ...

Es war nichts weiter als das Gefühl von toter Zeit, das ein Reisender zwischen zwei Flügen verspürt. Cavanaugh und Wetzel sollten sich mir ein paar Tage später anschließen, und wir würden alle drei nach Rio fliegen. Das Leben rauschte noch vor Bewegung und schönen Plänen.

Vorhin, bevor ich ins Hotel zurückgekehrt bin, habe ich überrascht festgestellt, daß die Fassade des ehemaligen Kolonialmuseums und der Springbrunnen des Platzes erleuchtet waren. Zwei Touristenbusse parkten am Anfang des Boulevard Soult. Blieb denn der Zoo nachts geöffnet, da es auf den 14. Juli zuging? Was nur konnte um neun Uhr abends in diesem Viertel die Touristen anlocken?

Ich habe mich gefragt, ob Annette nächste Woche auf unserer großen Terrasse in der Cité Véron alle unsere Freunde empfangen würde, wie wir es jedes Jahr am 14. Juli taten. Ich war mir fast sicher: sie würde Menschen um sich brauchen, wegen meines Verschwindens. Und Cavanaugh würde ihr gewiß zureden, auf diesen Brauch nicht zu verzichten.

Ich ging den Boulevard Soult entlang. Die Häuser hoben sich gegen das Licht ab. Manchmal auf einer Fassade ein großer Sonnenfleck. Hin und wieder bemerkte ich auch welche auf dem Bürgersteig. Diese Kontraste von Schatten und Licht der untergehenden Sonne, diese Hitze und dieser leere Boulevard ... Casablanca. Ja, ich ging eine der großen Avenuen von Casablanca entlang. Die Nacht brach herein. Durch die offenen Fenster drang der Lärm der Fernseher zu mir. Es war wieder Paris. Ich habe eine Telefonzelle betreten und im Telefonbuch geblättert auf der Suche nach dem Namen Rigaud. Eine ganze Spalte Rigauds mit ihren Vornamen. Aber ich erinnerte mich nicht mehr an seinen.

Dennoch hatte ich die Gewißheit, daß Rigaud noch lebte, irgendwo in einem Viertel der Peripherie. Wie viele Männer und Frauen, von denen man sich vorstellt, sie seien tot oder verschollen, wohnen in diesen Häuserblocks, die den Rand von Paris bilden ... Ich hatte an der Porte Dorée schon zwei oder drei ausgemacht, mit einem Widerschein der Vergangenheit auf ihrem Gesicht. Sie könnten einem viel erzählen, aber sie werden bis zum Schluß den Mund halten, und es läßt sie vollkommen gleichgültig, daß die Welt sie vergessen hat.

In meinem Zimmer im Hotel Dodds dachte ich, daß die Sommer einander gleichen. Die Juniregen, die Hundstage, die Abende des 14. Juli, an denen wir, Annette und ich, auf der Terrasse der Cité Véron unsere Freunde empfingen ... Der Sommer aber, an dem ich Ingrid und Rigaud kennengelernt habe, war wirklich von anderer Art. Es war noch Leichtigkeit in der Luft.

Von welchem Augenblick meines Lebens an erschienen mir die Sommer plötzlich anders als die, die ich bis dahin gekannt hatte? Das wäre schwierig zu bestimmen. Keine genaue Grenze. Der Sommer von Ingrids

Selbstmord in Mailand? Er war mir genau wie die anderen vorgekommen. Wenn ich mich heute an die ausgestorbenen Straßen in der Sonne und an diese erstikkende Hitze in dem gelben Taxi erinnere, verspüre ich das gleiche Unbehagen wie heute in Paris, im Juli.
Seit langem schon – und diesmal auf heftigere Weise als sonst – ist der Sommer eine Jahreszeit, die bei mir ein Gefühl der Leere und der Abwesenheit hervorruft und mich in die Vergangenheit zurückführt. Ist es das zu grelle Licht, die Stille der Straßen, diese Kontraste von Schatten und untergehender Sonne neulich abends auf den Fassaden der Häuser am Boulevard Soult? Wie bei einer Doppelbelichtung überlagern sich in meinem Geist Vergangenheit und Gegenwart. Das Unbehagen kommt zweifellos daher. Ich verspüre dieses Unbehagen nicht nur in einem Zustand der Einsamkeit, wie heute, sondern bei jedem unserer Feste zum 14. Juli auf der Terrasse der Cité Véron. Immer höre ich Wetzel oder Cavanaugh zu mir sagen: »Na, Jean, stimmt was nicht? Du solltest ein Glas Champagner trinken ...«, oder Annette schmiegt sich an mich, fährt mir zärtlich mit dem Zeigefinger über die Lippen und flüstert mir mit ihrem dänischen Akzent ins Ohr: »Woran denkst du, Jeannot? Sag, liebst du mich immer noch?« Und um uns herum höre ich das Gelächter, das Stimmengewirr, die Musik.
In jenem Sommer gab es das Unbehagen nicht und auch nicht diese seltsame Überlagerung der Gegenwart durch die Vergangenheit. Ich war zwanzig Jahre alt. Ich kam mit dem Zug aus Österreich, aus Wien, und war in Saint-Raphaël ausgestiegen. Neun Uhr

morgens. Ich wollte einen Bus nehmen, der mich Richtung Saint-Tropez brächte. Als ich in meiner Jackentasche suchte, merkte ich, daß mir alles Geld gestohlen worden war, das ich noch hatte: dreihundert Francs. In diesem Augenblick habe ich beschlossen, mir keine Fragen hinsichtlich meiner Zukunft zu stellen. Das Wetter war schön an jenem Morgen und die Hitze ebenso drückend wie heute, damals aber störte mich das nicht.

Ich hatte mich am Ortsausgang von Saint-Raphaël hingestellt, um per Anhalter die Küstenstraße entlangzufahren. Ich habe ungefähr eine halbe Stunde gewartet, bis ein schwarzes Auto anhielt. Das erste, was mich verblüfft hat: es war die Frau, die fuhr, und er saß auf dem Rücksitz. Sie hat sich aus dem heruntergedrehten Fenster gebeugt. Sie trug eine Sonnenbrille.

»Wohin fahren Sie?«

»Richtung Saint-Tropez.«

Mit einem Kopfnicken hat sie mir bedeutet, daß ich einsteigen könne.

Sie sagten kein Wort. Ich suchte nach einem Satz, um die Unterhaltung in Gang zu bringen.

»Sind Sie in Ferien?«

»Ja, ja ...«

Sie hatte zerstreut geantwortet. Er, auf der Rückbank, studierte eine Karte, die sehr viel größer war als die Michelin-Karten. Ich konnte ihn im Rückspiegel gut sehen.

»Wir sind bald in Les Issambres ...«

Sie schaute auf die Schilder am Straßenrand. Dann hat sie mir ihr Gesicht zugewandt:

»Macht es Ihnen nichts aus, wenn wir einen Augenblick in Les Issambres anhalten?«

Sie hatte es in natürlichem Tonfall gesagt, so, als kennten wir uns schon lange.

»Wir halten an, aber dann fahren wir weiter bis Saint-Tropez«, sagte sie mit einem Lächeln.

Er hatte seine Karte zusammengefaltet und sie neben sich auf den Sitz gelegt. Ich gab beiden ungefähr fünfunddreißig Jahre. Sie war brünett, mit hellen Augen. Er hatte kurzes, zurückgekämmtes Haar, ein grobes Gesicht, eine leicht plattgedrückte Nase. Er trug eine Wildlederjacke.

»Da muß es sein ... Der Typ erwartet uns ...«

Er hatte sich zu ihr vorgebeugt und stützte sich mit der Hand auf ihre Schulter. Ein Mann im Sommeranzug und mit einer schweren schwarzen Aktentasche ging vor dem Tor einer Villa auf und ab. Sie hat den Wagen ein paar Meter vom Tor entfernt auf dem Bürgersteig geparkt.

»Wir brauchen einen Augenblick«, sagte sie zu mir. »Können Sie im Auto auf uns warten?«

Er ist als erster ausgestiegen und hat ihr den Schlag geöffnet. Als sie ausgestiegen war, hat er selbst die Tür wieder zugemacht. Dann hat er den Kopf durchs heruntergedrehte Fenster gesteckt.

»Wenn Ihnen langweilig ist, können Sie rauchen ... Im Handschuhfach sind Zigaretten ...«

Die beiden gingen auf den Mann mit der Aktentasche zu. Ich bemerkte, daß er ein bißchen das Bein nachzog, aber er hielt sich sehr gerade, und mit einer beschützenden Geste legte er ihr den Arm um die Schultern.

Sie haben dem Mann mit der Aktentasche die Hand gedrückt, er hat das Tor geöffnet und ihnen den Vortritt gelassen.

Als ich im Handschuhfach nach der Schachtel Zigaretten suchte, fiel mir ein Paß herunter. Bevor ich ihn an seinen Platz zurücklegte, schlug ich ihn auf: ich könnte nicht sagen, ob diese Geste mechanisch war oder ob ich bloße Neugier empfand. Ein französischer Paß auf den Namen Ingrid Teyrsen, verheiratete Rigaud. Was mich überrascht hat, war, daß sie in Wien geboren war, der Stadt, in der ich einige Monate gewohnt hatte. Ich habe eine Zigarette angezündet, aber vom ersten Zug schon war mir schlecht: ich hatte nachts in der Bahn nicht geschlafen und seit dem Mittagessen am Vortag nichts gegessen.
Ich habe das Auto nicht verlassen. Ich versuchte, gegen die Müdigkeit anzukämpfen, doch von Zeit zu Zeit fiel ich in Halbschlaf. Ich habe das Stimmengemurmel einer Unterhaltung gehört und die Augen geöffnet: die beiden standen mit dem Mann mit der Aktentasche neben dem Auto. Sie haben ihm die Hand gedrückt, und der andere hat mit großen Schritten die Straße überquert.
Ich habe die Tür aufgemacht und bin ausgestiegen.
»Wollen Sie sich nicht nach vorne setzen?« fragte ich den Mann.
»Nein, nein ... Ich bin gezwungen, hinten zu bleiben, wegen meines Beines ... Ich kann es noch nicht wieder ganz beugen ... Eine alte Verletzung am Knie.«

Man hätte glauben können, er wolle mich beruhigen. Er lächelte mir zu. War er das, der im Paß erwähnte Rigaud?
»Sie können einsteigen«, sagte sie mit einem charmanten Stirnrunzeln zu mir.
Sie hat das Handschuhfach geöffnet und eine Zigarette genommen. Sie ist ein bißchen jäh losgefahren. Er hatte sich quer auf die Rückbank gesetzt, ein Bein darauf ausgestreckt.

Sie fuhr langsam, und ich hatte Mühe, die Augen offenzuhalten.
»Sind Sie in Ferien?« fragte sie mich.
Ich fürchtete, daß sie mir andere, genauere Fragen stellen könnten: Wie ist Ihre Adresse? Studieren Sie?
»Nicht richtig in Ferien«, sagte ich. »Ich weiß noch nicht, ob ich hier bleiben werde.«
»Wir wohnen in einem kleinen Haus nahe dem Strand von Pampelonne«, sagte sie. »Aber wir möchten etwas anderes mieten ... Während Sie auf uns gewartet haben, haben wir eine Villa besichtigt ... Schade ... Ich finde, sie ist zu groß ...«
Er blieb stumm hinter uns. Mit einer Hand massierte er sich das Knie.
»Was mir gefiel, das war der Name: Les Issambres ... Finden Sie nicht, daß das ein hübscher Name ist?«
Und sie sah mich an hinter ihrer Sonnenbrille.

Am Ortseingang von Saint-Tropez haben wir rechts die Straße zu den Stränden genommen.

»Ab hier weiß ich nie den Weg«, sagte sie.
»Du fährst weiter geradeaus.«
Er sprach leise, mit leichtem Pariser Akzent, was mich auf die Idee brachte, sie zu fragen, ob sie in Paris wohnten.
»Ja, aber wir werden uns vielleicht endgültig hier niederlassen«, sagte sie.
»Und Sie, wohnen Sie in Paris?«
Ich habe mich zu ihm umgedreht. Sein Bein lag immer noch quer auf dem Sitz. Ich hatte den Eindruck, daß er mich mit einem ironischen Blick umfing.
»Ja. Ich wohne in Paris.«
»Bei Ihren Eltern?«
»Nein.«
»Laß ihn in Ruhe«, sagte sie. »Wir sind nicht von der Polizei.«
Da vorn tauchte das Meer auf, leicht unterhalb der Straße, jenseits einer Fläche von Weinbergen und Pinien.
»Du bist wieder zu weit gefahren«, sagte er. »Du hättest links abbiegen müssen.«
Sie hat gewendet und ist nur knapp einem Auto ausgewichen, das entgegen kam.
»Haben Sie keine Angst?« fragte er mich. »Ingrid fährt sehr schlecht. In ein paar Tagen, wenn es meinem Bein besser geht, kann ich mich wieder ans Steuer setzen.«
Wir waren in eine kleine Straße eingebogen, an deren Anfang ein Hinweisschild stand: TAHITI-MOOREA.
»Haben Sie einen Führerschein?« fragte sie mich.
»Ja.«

»Dann können Sie an meiner Statt fahren. Das wäre klüger.«
Sie hat an einer Kreuzung gehalten, und ich schickte mich an, sie am Steuer abzulösen, als sie sagte:
»Nein ... nein ... Nicht gleich ... Später ...«
»Nach links«, sagte er zu ihr.
Und er zeigte auf ein neues Hinweisschild: TAHITI-MOOREA.

Jetzt war die Straße nur noch ein schilfgesäumter Weg. Wir fuhren an einer Umfassungsmauer entlang, in die eine marineblaue Tür eingelassen war. Davor hat sie angehalten.
»Ich möchte lieber über den Strand gehen«, sagte er.
Wir sind weiter dem Schilfweg gefolgt, bis wir auf ein Terrain kamen, das dem Restaurant Moorea als Parkplatz diente. Nachdem wir das Auto abgestellt hatten, überquerten wir die menschenleere Terrasse des Restaurants. Wir waren auf dem Strand.
»Es ist noch ein bißchen weiter«, sagte er. »Wir können zu Fuß gehen ...«
Sie hatte ihre Espadrilles ausgezogen und seinen Arm genommen. Er zog das Bein nach, jedoch weniger betont als zuvor.
»Es ist noch niemand am Strand«, sagte sie zu mir. »Diese Zeit ist mir die liebste.«
Das Grundstück war durch einen löchrigen Drahtzaun vom Strand getrennt. Wir sind durch eines der Löcher geschlüpft. Etwa hundert Meter weiter erhob sich ein Bungalow, der mich an die Motels der ameri-

kanischen Autobahnen gemahnte. Er stand im Schatten eines Pinienwäldchens.
»Das Haupthaus ist da drüben«, sagte er zu mir.
Ganz hinten erkannte ich zwischen den Pinien ein großes eingeschossiges Haus, weiß, im maurischen oder spanischen Stil, das an ein Schwimmbecken aus blauem Mosaik grenzte. In diesem Schwimmbecken badete jemand.
»Die Besitzer wohnen da drüben«, sagte er. »Wir haben das Gärtnerhaus gemietet.«

Sie kam in einem himmelblauen Badeanzug aus dem Bungalow. Wir hatten, er und ich, in den Liegestühlen vor einer der Glasschiebetüren auf sie gewartet.
»Sie sehen müde aus«, sagte er zu mir. »Sie können sich hier ausruhen. Wir, wir gehen zum Strand ... gleich da vorn ...«
Sie sah mich schweigend an hinter ihrer Sonnenbrille. Dann sagte sie:
»Sie sollten einen Mittagschlaf machen.«
Und sie zeigte auf eine große Luftmatratze zu Füßen einer Gruppe von Pinien, seitlich des Bungalows.

Ich lag auf der Matratze, den Blick auf den Himmel und die Wipfel der Pinien gerichtet. Ich hörte Stimmen, die vom Schwimmbecken ganz hinten kamen, und das Geräusch von Kopfsprüngen. Dort oben zwischen den Zweigen das Spiel von Sonne und Schatten. Ich überließ mich einer ganz sanften Benommenheit.

Wenn ich mich jetzt erinnere, scheint mir, daß es einer der seltenen Augenblicke meines Lebens gewesen ist, da ich ein Gefühl des Wohlbehagens verspürt habe, das ich sogar Glück nennen könnte. In diesem Halbschlaf, den manchmal ein Sonnenstrahl unterbrach, der durch den Schatten der Pinien schlüpfte und mich blendete, fand ich es ganz und gar normal, daß sie mich mitgenommen hatten, als kennten wir uns seit langem. Ich hatte ohnedies keine Wahl. Man würde schon sehen, welchen Lauf die Dinge nehmen. Schließlich bin ich eingeschlafen.

Ich hörte sie neben mir reden, doch ich konnte die Augen nicht öffnen. Durch meine Lider drang ein orangefarbenes Licht. Ich habe den Druck einer Hand auf meiner Schulter gefühlt.
»Na? Gut geschlafen?«
Ich habe mich jäh aufgerichtet. Er trug eine Leinenhose, ein schwarzes Polohemd und eine Sonnenbrille. Und sie einen Bademantel. Ihr Haar war naß. Sie hatte zweifellos gebadet.
»Es ist fast drei Uhr«, sagte er. »Essen Sie mit uns?«
»Ich möchte Sie nicht stören.«
Ich war noch halb im Schlaf.
»Aber Sie stören uns keineswegs, nicht wahr, Ingrid?«
»Keineswegs.«
Sie lächelte und blickte mich mit ihren hellblauen oder grauen Augen an.
Wir gingen am Strand entlang bis zur Terrasse des Restaurants Moorea. Die meisten Tische waren leer. Wir

haben uns um denjenigen gesetzt, den ein Schirm mit seiner grünen Stoffbespannung schützte. Ein Mann mit dem Aussehen eines ehemaligen Skilehrers kam, um die Bestellung aufzunehmen.
»Wie üblich«, hat sie gesagt. »Für drei Personen.«

Die Sonne hüllte den Strand, das Meer und die Terrasse des Moorea in einen Schleier der Stille. Noch der kleinste Laut hob sich von diesem Hintergrund der Stille mit besonderer Schärfe ab: die Stimmen einer Gruppe von Personen in Badeanzügen an einem Tisch weit weg von unserem, deren Unterhaltung wir folgen konnten, als hätten sie neben uns gesessen; das Brummen eines Motorboots, das über das ruhige Meer glitt und sich von Zeit zu Zeit mit ausgeschaltetem Motor treiben ließ. Dann hörten wir das Lachen und das Stimmengewirr derer, die an Bord waren.
»Wenn ich recht verstehe«, sagte er zu mir, »hatten Sie hier keine Bleibe.«
»Nein.«
»Sie fuhren ins Blaue ...«
Nicht die geringste Ironie in seiner Stimme. Im Gegenteil, ich spürte darin Sympathie.
»Aber ich muß leider so schnell wie möglich nach Paris zurück, um zu arbeiten.«
»Welche Art Arbeit?«
Sie war es jetzt, die mir Fragen stellte, die hellen Augen immer noch auf mich gerichtet.
»Ich schreibe Artikel für geographische Zeitschriften ...«

Es war nur halb gelogen. Ich hatte einen langen Artikel über den Journalisten und Forscher Henry R. Stanley geschrieben, den ich an eine Reisezeitschrift geschickt hatte, aber ich wußte noch nicht, ob er veröffentlicht würde.

»Und Sie kommen von einer Reise zurück?« fragte er mich.

»Ja. Aus Österreich, aus Wien.«

Ich hoffte, das Gespräch auf Wien zu lenken. Sie mußte diese Stadt gut kennen, da sie ja dort geboren war. Zu meinem großen Erstaunen hat sie nicht reagiert.

»Wien ist eine sehr schöne Stadt ...«

Ich konnte noch so sehr darauf beharren, Wien sagte ihr nichts.

»Und Sie, arbeiten Sie in Paris?«

»Ich bin in den Ruhestand getreten«, sagte er lächelnd, doch in einem schroffen Ton, der einem zu jeder weiteren Frage den Mut nahm.

»Ich gehe baden. Wartet ihr hier auf mich?«

Sie ist aufgestanden und hat ihren weißen Bademantel ausgezogen. Ich folgte ihr mit den Augen durch den Hitzedunst. Sie überquerte den Strand, dann ging sie ins Meer, und als ihr das Wasser bis zur Taille reichte, legte sie sich auf den Rücken.

Wir fanden uns im Schatten der Pinien am Bungalow wieder. Wir spielten ein Kartenspiel, das sie mich gelehrt hatten und dessen Regeln sehr einfach waren. Es war das einzige Mal in meinem Leben, daß ich Karten

gespielt habe. Und dann war das Ende des Nachmittags gekommen.
»Ich gehe ein paar Besorgungen machen«, sagte sie.
Er wandte sich zu mir:
»Könnten Sie sie begleiten? Das wäre klüger ... Sie fährt ohne Führerschein ... Ich wollte es Ihnen vorhin nicht sagen ... Sie hätten Angst gehabt, daß wir auf der Strecke von Saint-Raphaël angehalten werden ...«
Er brach in ein kurzes kleines Lachen aus.
»Ich habe vor nichts Angst«, sagte ich.
»Sie haben recht ... In Ihrem Alter hatten wir auch keine ...«
»Aber wir haben doch immer noch vor nichts Angst«, sagte sie mit erhobenem Zeigefinger.

Ich hatte meinen Paß und meinen Führerschein immer bei mir, in der Innentasche des Jacketts. Ich setzte mich ans Steuer. Ich hatte Mühe zu starten und aus dem Parkplatz des Moorea herauszukommen, denn ich war schon lange nicht mehr gefahren.
»Ich habe den Eindruck, daß Sie noch schlechter fahren als ich«, sagte sie.
Sie wies mir den Weg. Von neuem diese kleine bambusgesäumte Straße. Sie war so schmal, daß ich jedesmal, wenn ein Auto entgegenkam, an den Rand fahren mußte.
»Soll ich Sie ablösen?« fragte sie.
»Nein, nein. Es ist schon gut.«

Ich habe den Wagen vor dem Hotel de Paris abgestellt, dessen Fassade und dessen kleine Fenster mit Läden aus Holz ihm das Aussehen eines Berghotels gaben, und wir sind zu Fuß zum Hafen gegangen. Es war die Stunde, da Gruppen von Touristen am Kai entlang flanierten und die anlegenden Jachten bewunderten oder auf der Terrasse des Senéquier einen freien Platz zu finden versuchten. Sie hat einige Einkäufe in der Apotheke gemacht. Sie wollte wissen, ob ich nicht etwas benötige, und nach einem Augenblick des Zögerns habe ich ihr gestanden, daß ich Rasierklingen Gillette extra bleues und Rasiercreme brauchte, aber kein Geld bei mir hätte. Dann sind wir in die Buchhandlung gegangen, wo sie einen Kriminalroman ausgesucht hat. Dann in die Tabak-Bar des Hafens. Sie hat ein paar Schachteln Zigaretten gekauft. Wir konnten uns nur mühsam einen Weg durch die Menge bahnen.

Ein bißchen später jedoch waren wir die einzigen, die in den Gassen der Altstadt spazierengingen. Ich bin im Lauf der folgenden Jahre an diesen Ort zurückgekehrt, in Gesellschaft von Annette, von Wetzel, von Cavanaugh bin ich am Hafen entlang und durch dieselben kleinen Straßen gegangen. Es kam über mich, ich konnte ihre Sorglosigkeit und ihre Lebensfreude nicht ganz teilen. Ich war anderswo, in einem anderen Sommer, immer weiter weg, und das Licht jenes Sommers hat mit der Zeit eine merkwürdige Verwandlung erfahren: weit davon entfernt zu verblassen, wie die alten überbelichteten Fotos, sind die Kontraste von Sonne und Schatten so stark

geworden, daß ich alles in Schwarzweiß vor mir sehe.
Wir sind der Rue de la Ponche gefolgt, und nachdem wir über die Kuppe hinüber waren, blieben wir auf dem Platz, der den Fischerhafen überragt, stehen. Sie hat mir die Terrasse eines verfallenen Hauses gezeigt.
»Mein Mann und ich, wir haben da oben gewohnt, vor sehr langer Zeit ... Sie waren noch nicht geboren ...«
Ihre blassen Augen blickten mich immer noch mit ihrem abwesenden Ausdruck an, der mich einschüchterte. Doch da war das Stirnrunzeln, das ich schon an ihr bemerkt hatte und das den Anschein hatte, als verspotte sie mich auf freundliche Weise.
»Sollen wir nicht ein bißchen gehen?«
In dem abfallenden Garten zu Füßen der Zitadelle haben wir uns auf eine Bank gesetzt.
»Leben Ihre Eltern noch?«
»Ich sehe sie nicht mehr«, sagte ich.
»Warum?«
Wieder dieses Stirnrunzeln. Was sollte ich antworten? Sonderbare Eltern, die immer nur ein Internat oder eine Besserungsanstalt gesucht hatten, um mich loszuwerden.
»Als ich Sie heute morgen am Straßenrand sah, habe ich mich gefragt, ob Sie wohl noch Eltern haben.«
Wir sind die Rue de la Citadelle wieder zum Hafen hinuntergegangen. Sie hat meinen Arm genommen wegen der abschüssigen Straße. Die Berührung ihres Armes und ihrer Schulter gab mir ein Gefühl, das ich

noch nie verspürt hatte, das Gefühl, mich in jemandes Obhut zu befinden. Sie wäre der erste Mensch, der mir helfen könnte. Ein Gefühl der Leichtigkeit überkam mich. All diese Wellen der Sanftheit, die sie mir durch die bloße Berührung ihres Armes und durch diesen blaßblauen Blick, den sie von Zeit zu Zeit zu mir aufhob, mitteilte: daß solche Dinge vorkommen konnten im Leben, das wußte ich nicht.

Wir waren über den Strand zum Bungalow zurückgekehrt. Wir saßen auf den Liegestühlen. Es war dunkel, und das Licht, das von innen durch eins der Fenster fiel, leuchtete uns.

»Ein Kartenspiel?« sagte er. »Aber Sie scheinen Gesellschaftsspiele nicht besonders zu mögen ...«

»Haben wir in seinem Alter Karten gespielt?«

Sie rief ihn als Zeugen an, und er lächelte.

»Wir hatten keine Zeit, Karten zu spielen.«

Er hatte es mit leiserer Stimme erklärt, ganz für sich allein, und ich wäre neugierig gewesen zu erfahren, womit sie sich damals beschäftigten.

»Sie können bei uns übernachten, wenn Sie nichts anderes haben, wo Sie hingehen können«, sagte sie zu mir.

Ich schämte mich bei dem Gedanken, sie könnten mich für einen Landstreicher halten.

»Ich danke Ihnen ... ich möchte gern, wenn es Sie nicht stört ...«

Das war schwierig zu sagen, und ich hatte meine Fingernägel in die Handflächen gedrückt, um mir Mut zu

machen. Doch das Schlimmste mußte ich ihnen noch gestehen:
»Ich muß morgen nach Paris zurück. Leider aber ist mir all das Geld gestohlen worden, das ich noch hatte.«
Anstatt den Kopf zu senken, habe ich ihr geradewegs in die Augen gesehen und auf das Urteil gewartet. Sie hat wieder die Stirn gerunzelt.
»Und deshalb machen Sie sich Sorgen?«
»Seien Sie unbesorgt«, sagte er. »Wir werden morgen schon einen Platz für Sie im Zug finden.«
Da oben hinter den Pinien waren die Villa und das Schwimmbecken erleuchtet, und ich sah Silhouetten über das blaue Mosaik gleiten.
»Sie feiern jede Nacht ein Fest«, sagte er. »Das hindert uns daran zu schlafen. Deshalb suchen wir nach einem anderen Haus.«
Er sah plötzlich mitgenommen aus.
»Am Anfang haben sie großen Wert darauf gelegt, uns zu ihren Festen einzuladen«, sagte sie. »Da haben wir alle Lichter im Bungalow gelöscht und so getan, als wären wir nicht da.«
»Wir saßen im Dunkeln. Einmal sind sie gekommen, um uns zu suchen. Wir hatten uns unter die Pinien nebenan geflüchtet ...«
Warum sprachen sie in diesem Ton eines Bekenntnisses oder Geständnisses mit mir, als suchten sie sich zu rechtfertigen?
»Kennen Sie sie?« fragte ich.
»Ja, ja, ein bißchen ...«, sagte er. »Aber wir wollen sie nicht sehen ...«

»Wir sind menschenscheu geworden«, sagte sie.
Es nahten Stimmen. In etwa fünfzig Metern Entfernung ging eine kleine Gruppe den piniengesäumten Weg entlang.
»Stört es Sie, wenn wir das Licht ausmachen?« fragte er mich.
Er betrat den Bungalow, das Licht ging aus und ließ sie und mich im Halbdunkel zurück. Sie faßte mich am Handgelenk.
»Jetzt«, sagte sie, »müssen wir leise reden.«
Und sie lächelte mir zu. Er zog hinter uns langsam die Glasschiebetür zu, um keinen Lärm zu machen, und setzte sich wieder in den Liegestuhl. Die anderen waren jetzt sehr nah, wo der Weg begann, der zum Bungalow führte. Ich hörte einen von ihnen mit heiserer Stimme mehrmals sagen:
»Aber ich schwöre es dir! Ich schwöre es dir ...«
»Wenn sie bis hierher kommen, müssen wir nur so tun, als schliefen wir«, sagte er.
Ich habe an den merkwürdigen Anblick gedacht, den wir böten, in der Dunkelheit auf unseren Liegestühlen schlafend.
»Und wenn sie uns auf die Schulter klopfen, um uns zu wecken?« fragte ich.
»Nun, in diesem Fall tun wir so, als wären wir tot«, sagte sie.
Doch sie verließen den Weg zum Bungalow und gingen unter den Pinien den Hang hinunter in Richtung Strand. Im Mondlicht unterschied ich zwei Männer und drei Frauen.
»Die Gefahr ist vorüber«, sagte er. »Wir bleiben bes-

ser im Dunkeln. Sie könnten vom Strand aus das Licht sehen.«

Ich wußte nicht, ob das ein Spiel war oder ob er es ernst meinte.

»Erstaunt Sie unser Verhalten?« fragte sie mich mit sanfter Stimme. »Es gibt Zeiten, in denen man unfähig ist, das geringste Wort mit den Leuten zu wechseln ... Es übersteigt unsere Kräfte ...«

Ihre Silhouetten hoben sich gegen den Strand ab. Sie zogen ihre Kleider aus und legten sie auf einen großen Baumstamm in Form eines polynesischen Totems, dessen Schatten einem das Gefühl gab, am Ufer einer Lagune irgendwo in der Südsee zu sein. Die Frauen liefen vollkommen nackt aufs Meer zu. Die Männer taten, als verfolgten sie sie, und stießen wilde Schreie aus. Aus der Villa ganz hinten kamen Schwaden von Musik und Stimmengewirr.

»Das dauert bis drei Uhr morgens«, sagte er mit müder Stimme. »Sie tanzen und nehmen mitternächtliche Bäder.«

Wir blieben eine ganze Weile schweigsam in unseren Liegestühlen, in der Dunkelheit, als versteckten wir uns.

Sie war es, die mich geweckt hat. Als ich die Augen aufschlug, fand ich wieder diesen blaßblauen oder grauen Blick auf mich gerichtet. Sie schob die Glastür des Zimmers auf, und die Morgensonne blendete mich. Wir haben alle zusammen draußen gefrühstückt. Piniengeruch umgab uns. Drunten der Strand war men-

schenleer. Keine Spur mehr von ihren mitternächtlichen Bädern. Nicht ein Kleidungsstück, das auf dem polynesischen Totem liegengelassen worden wäre.
»Wenn Sie ein paar Tage hierbleiben wollen, so bleiben Sie«, sagte er. »Das stört uns nicht.«
Ich war versucht, ja zu sagen. Wieder hat mich diese Sanftheit, dieses Hochgefühl überschwemmt, wie da, als ich mit ihr die abschüssige Straße hinabging. In den Tag hinein leben. Sich keine Fragen mehr über die Zukunft stellen. In Gesellschaft wohlwollender Menschen sein, die einem helfen, die Schwierigkeiten zu überwinden und allmählich Selbstvertrauen geben.
»Ich muß nach Paris zurück ... Wegen meiner Arbeit ...«
Sie haben mir vorgeschlagen, mich mit dem Auto zum Bahnhof von Saint-Raphaël zu bringen. Nein, das mache ihnen nichts aus. Sie müßten sowieso noch einmal das Haus in Les Issambres besichtigen. Diesmal fuhr er, und ich hatte auf dem Rücksitz Platz genommen.
»Ich hoffe, Sie werden keine Angst haben«, sagte sie und wandte sich zu mir um. »Er fährt noch schlechter als wir beide.«
Er fuhr zu schnell, und in den Kurven klammerte ich mich immer wieder an den Sitz. Schließlich hat sich meine Hand auf ihre Schulter verirrt, und als ich sie gerade wegnehmen wollte, hat er wegen einer anderen Kurve jäh gebremst, so daß sie ganz fest mein Handgelenk drückte.
»Er wird uns umbringen«, sagte sie.
»Nein, nein. Macht euch keine Sorgen. Diesmal noch nicht.«

Am Bahnhof von Saint-Raphaël ging er rasch zum Schalter, während sie mich vor dem Bücher- und Zeitungsstand aufhielt.

»Können Sie nicht einen Kriminalroman für mich finden?« fragte sie.

Ich habe auf den Regalen nachgeschaut und ein Buch aus der Schwarzen Reihe gewählt.

»Das könnte gehen«, sagte sie.

Er kam wieder zu uns. Er reichte mir einen Fahrschein.

»Ich habe erster Klasse genommen. Das ist bequemer.«

Ich war verlegen. Ich suchte nach Worten, um ihm zu danken.

»Das wäre nicht nötig gewesen ...«

Er zuckte mit den Schultern und kaufte das Buch aus der Schwarzen Reihe. Dann haben sie mich zum Bahnsteig begleitet. Wir mußten zehn Minuten auf den Zug warten. Wir haben uns alle drei auf eine Bank gesetzt.

»Ich würde Sie gern wiedersehen«, sagte ich.

»Wir haben eine Telefonnummer in Paris. Im Winter werden wir sicherlich dort sein.«

Er hat aus der Innentasche seines Jacketts einen Füller genommen, das Vorsatzblatt aus dem Buch der Schwarzen Reihe gerissen und seinen Namen und die Telefonnummer darauf geschrieben. Dann hat er das Blatt gefaltet und mir gegeben.

Ich bin in den Wagen eingestiegen, und sie standen beide vor der Tür und warteten, daß der Zug abfuhr.

»Sie werden Ihre Ruhe haben ...«, sagte er. »Es ist niemand in den Abteilen.«
In dem Augenblick, als der Zug sich in Bewegung setzte, nahm sie ihre Sonnenbrille ab, und ich fand ihre blaßblauen oder grauen Augen wieder.
»Alles Gute«, sagte sie.
In Marseille habe ich in meiner Reisetasche gekramt, um nachzusehen, ob ich auch meinen Paß nicht vergessen hätte, und ich habe, in einen Hemdkragen geschoben, ein paar Banknoten entdeckt. Ich fragte mich, ob sie oder er die Idee gehabt habe, mir das Geld zuzustecken. Vielleicht beide zugleich.

Ich habe den 14. Juli genutzt, um mich in unsere Wohnung in der Cité Véron einzuschleichen, ohne jemandes Aufmerksamkeit zu wecken. Ich habe die Treppe hinter dem Moulin Rouge genommen, die nicht mehr benutzt wird. Im dritten Stock führt die Tür in einen Verschlag. Vor meiner Scheinabreise nach Rio de Janeiro hatte ich den Schlüssel dieser Tür an mich genommen – einen alten Bricard-Schlüssel, von dessen Existenz Annette nichts ahnt – und auf meinem Nachttisch ostentativ den einzigen Schlüssel zurückgelassen, den sie kennt, den Schlüssel der Wohnungstür. Selbst wenn sie erraten hatte, daß ich in Paris geblieben war, wußte sie also, daß ich meinen Schlüssel vergessen hatte und es mir folglich unmöglich war, überraschend die Wohnung zu betreten.

Kein Licht im Verschlag. Tastend fand ich die Klinke der Tür zu einem kleinen Zimmer – es wäre das »Kinderzimmer« geworden, wenn Annette und ich welche gehabt hätten. Ein mit Büchern vollgestellter Flur führt zu dem großen Raum, der als Salon dient. Ich ging auf Zehenspitzen, doch es bestand keine Gefahr. Sie waren alle oben auf der Terrasse. Ich hörte das Stimmengewirr. Das Leben ging ohne mich weiter. Einen Augenblick war ich versucht, die enge Treppe mit dem Geländer aus geflochtenen Seilen und den Bojen an der Wand hinaufzugehen. Ich würde auf die Terrasse gelangen, die dem Oberdeck eines Dampfers ähnelt, denn Annette und ich hatten gewollt, daß unsere Wohnung uns die Illusion gab, immer auf Kreuzfahrt zu sein: Bullaugen, Laufgänge, Reling ... Ich würde also auf die Terrasse gelangen, und es würde eintreten, was ich als Totenstille bezeichnen darf. Dann, wenn die Überraschung vorbei wäre, würde man mir Fragen stellen, man würde mich freudig empfangen, die Fröhlichkeit wäre noch lebhafter als sonst, und man würde zu Ehren des Gespensts Champagner trinken.

Doch ich bin auf der ersten Stufe stehengeblieben. Nein, ich hatte absolut keine Lust, jemanden zu sehen oder zu reden oder Erklärungen abzugeben oder mein gewöhnliches Leben wieder aufzunehmen. Ich wollte in unser Zimmer, um Sommerkleidung und ein Paar Mokassins auszusuchen. Ich drehte vorsichtig den Türgriff. Die Tür war von innen verschlossen. Unten auf dem Teppichboden ein Lichtstreifen. Jemand hatte sich dorthin zurückgezogen, während das Fest in vollem Gang war. Wer? Annette und Cavanaugh? Lag meine Witwe – denn war sie nicht meine Witwe, wenn ich beschloß, nie wieder aufzutauchen? – in diesem Augenblick mit meinem besten Freund im Ehebett?

Ich betrat das Nebenzimmer, das mir als Büro dient. Die Verbindungstür war angelehnt. Ich erkannte Annettes Stimme.

»Aber nein ... Mein Liebling ... Hab keine Angst ... Niemand kann uns stören ...«

»Bist du sicher? Jeder kann von der Terrasse weggehen und hier hereinkommen. Vor allem Cavanaugh.«

»Aber nein ... Cavanaugh wird nicht kommen ... Ich habe die Tür abgeschlossen ...«

Schon bei Annettes ersten Worten hatte ich an ihrem sanften und beschützenden Tonfall erraten, daß sie nicht in Gesellschaft Cavanaughs war. Dann hatte ich die gedämpfte Stimme von Ben Smidane erkannt, ein junger Mann, den wir Anfang des Jahres in den Club der Forschungsreisenden aufgenommen hatten und dessen Paten Cavanaugh und ich gewesen waren, ein junger Mann, der sich der Suche nach Wracks von im Indischen Ozean und im Pazifik untergegangenen Schiffen annehmen wollte und von dem Annette gefunden hatte, er habe »das Gesicht eines griechischen Hirten«.

Das Licht im Zimmer ging aus, und Annette sagte mit heiserer Stimme:
»Hab keine Angst, mein Liebling ...«
Da schloß ich leise die Tür und schaltete die Lampe auf meinem Schreibtisch an. Ich kramte in den Schubladen, bis ich einen alten dunkelgrünen Aktendeckel fand. Ich nahm ihn unter den Arm, ging aus dem Zimmer und überließ meine Witwe und Ben Smidane ihrer Liebe.
Einen Augenblick blieb ich reglos mitten im Flur stehen und lauschte dem Stimmengewirr. Ich dachte an Cavanaugh, der da oben an der Reling stand, ein Champagnerglas in der Hand. Er betrachtete mit anderen Gästen die Place Blanche, die aussah wie ein kleiner Fischerhafen, wo man angelegt hat. Falls er nicht das lange Verschwinden Annettes bemerkt hat und sich fragte, wo denn meine Witwe sein könnte.

Ich sah mich zwanzig Jahre früher in Gesellschaft von Ingrid und Rigaud, im Halbdunkel vor dem Bungalow. Um uns herum Stimmen und Gelächter, ähnlich dem, was jetzt von der Terrasse zu mir drang. Ich war ungefähr in Ingrids und Rigauds Alter, und ihr Verhalten, das mir damals so seltsam erschien, war heute abend das meine. Ich erinnerte mich an Ingrids Satz: »Wir tun so, als wären wir tot.«
Ich ging die Geheimtreppe an der Rückseite des Moulin Rouge hinunter und war wieder auf dem Boulevard. Ich überquerte die Place Blanche und sah hinauf zu unserer Terrasse. Es bestand keine Gefahr, daß sie mich von da oben erkannten zwischen den Touristenscharen, die aus den Bussen quollen, und den Spaziergängern des 14. Juli. Dachten sie noch ein ganz klein wenig an mich? Im Grunde mochte ich sie gern: meine Witwe, Cavanaugh, Ben Smidane und die anderen Gäste. Eines Tages werde ich zu euch zurückkehren. Das genaue Datum meiner Auferstehung weiß ich noch nicht. Ich muß die Kraft und die Lust dazu haben. Doch heute abend werde ich mit der Metro zur Porte Dorée fahren. Leicht. So losgelöst von allem.

Bei meiner Rückkehr gegen Mitternacht war der Springbrunnen des Platzes immer noch erleuchtet, und einige Gruppen, unter denen ich Kinder bemerkte, gingen zum Eingang des Zoos. Er blieb aus Anlaß des 14. Juli geöffnet, und sicher würden die Tiere, halb schlafend, in ihren Käfigen und Gehegen bleiben. Warum machte ich nicht auch diesen nächtlichen Besuch und hätte so die Illusion, zu verwirklichen, was früher unser Traum gewesen war: uns nachts im Zoo einschließen zu lassen?

Doch ich habe es vorgezogen, ins Hotel Dodds zurückzukehren und mich in meinem Zimmer auf das kleine Bett aus Kirschbaumholz zu legen. Ich las die Blätter wieder, die der dunkelgrüne Aktendeckel enthielt. Notizen und sogar kurze Kapitel, die ich vor zwei Jahren verfaßt hatte, der Entwurf eines Projekts, mit dem ich damals liebäugelte: eine Biographie über Ingrid zu schreiben.

Es war im September, in Paris, und zum ersten Mal hatte ich hinsichtlich meines Lebens und meines Berufs Zweifel verspürt. Von nun an sollte ich Annette, meine Frau, mit Cavanaugh, meinem besten Freund, teilen. Das Publikum lehnte die Dokumentarfilme ab, die wir vom anderen Ende der Welt mitbrachten. All diese Reisen, diese Länder des Monsuns, der Erdbeben, der Amöben und der Urwälder hatten für mich ihren Reiz verloren. Hatten sie je welchen gehabt?

Tage des Zweifels und der Trübsal. Ich hatte fünf Wochen Pause, bevor ich mich auf der Route, die seinerzeit die Gelbe Expedition eingeschlagen hatte, durch Asien schleppen würde. Ich verfluchte die Teilnehmer dieser Expedition, deren Reifenspuren ich finden mußte. Nie waren mir Paris, die Kais der Seine und die Place Blanche so anziehend erschienen. Was für eine Dummheit, das alles schon wieder zu verlassen ...

Die Erinnerung an Ingrid beschäftigte mich auf quälende Weise, und ich hatte die Tage vor meiner Abreise damit verbracht, alles aufzuschreiben, was ich von ihr wußte, das heißt, nicht viel ... Nach dem Krieg hatten Rigaud und Ingrid fünf oder sechs Jahre im Süden gelebt, doch ich wußte nichts über diese Zeit. Dann war Ingrid nach Amerika gegangen, ohne Rigaud. Sie war einem Filmproduzenten gefolgt. Drüben hatte dieser Produzent sie ein paar Statistenrollen in unbedeutenden Filmen spielen lassen wollen. Rigaud war ihr nachgereist, sie hatte den Produzenten und den Film aufgegeben. Sie hatte sich erneut von Rigaud getrennt, der nach Frankreich zurückgekehrt war, und sie war noch lange Jahre in Amerika geblieben – Jahre, über die ich nichts wußte. Dann war sie nach Frankreich und Paris zurückgekehrt. Und etwas später zu Rigaud. Und da waren wir bei der Zeit, in der ich sie auf der Straße nach Saint-Raphaël kennengelernt hatte.

Es war ein unangenehmes Gefühl, zehn Jahre danach all meine Aufzeichnungen wiederzulesen, als wäre jemand anderer der Autor. So das Kapitel »Die Jahre in Amerika«. War ich wirklich sicher, daß es in ihrem Leben einen solchen Platz eingenommen hatte? Mit der Zeit bekam diese Episode einen oberflächlichen

und fast lächerlichen Aspekt. Doch damals, als ich diese Aufzeichnungen machte, war ich empfänglicher für Nebensächlichkeiten und Beiwerk und kam nicht zum Wesentlichen. Welche Kinderei von mir, aus einer Zeitschrift von 1951 ein Farbfoto der nächtlichen Champs-Élysées im Sommer auszuschneiden, unter dem Vorwand, es sei der Sommer 1951, da Ingrid in einem der Straßencafés die Bekanntschaft des amerikanischen Produzenten gemacht hatte ... Ich hatte dieses Dokument meinen Aufzeichnungen hinzugefügt, um die Atmosphäre deutlicher werden zu lassen, in der Ingrid mit fünfundzwanzig Jahren lebte. Die Sonnenschirme und die Rohrstühle der Terrassen, der Anblick eines Seebads, den die Avenue des Champs-Élysées damals noch bot, die Milde der Pariser Abende, die so gut zu ihrer Jugend paßte ... Und dieser Name, den ich notiert hatte: Alexandre d'Arc, ein alter Franzose aus Hollywood, der Mann, der an jenem Abend Ingrid dem Produzenten vorstellte, denn er begleitete ihn auf all seinen Europareisen und war beauftragt, ihn mit jungem Blut, wie man damals sagte, bekannt zu machen ...
Ein weiteres Dokument, von dem ich geglaubt hatte, es sei für Ingrids Biographie notwendig, fand sich unter meinen Aufzeichnungen: ein Foto des amerikanischen Produzenten, das ich bei meinen Nachforschungen zufällig entdeckt hatte. Dieses Foto war bei einem Galaabend in einem Casino von Florida aufgenommen worden. Turner führten auf einem Podium in der Mitte des Raums ihre Nummer vor, und plötzlich hatte der Produzent, um vor Ingrids Augen zu brillie-

ren, sich vom Tisch erhoben, seinen Smoking, seine Fliege und sein Hemd ausgezogen. Mit nacktem Oberkörper war er aufs Podium gestiegen und hatte vor den verblüfften Turnern das Trapez ergriffen. Das Foto zeigte ihn mit geschwellter Brust, eingezogenem Bauch und waagrecht ausgestreckten Beinen am Trapez hängend. Er war sehr klein und trug einen der Lippenkante entlang gestutzten Schnurrbart, der ferne Kindheitserinnerungen in mir wachrief. Die zusammengepreßten Kiefer, die triumphierende Brust und die waagrecht ausgestreckten Beine ...

Diesem Mann ging es darum, einer Frau, die seine Tochter hätte sein können, zu beweisen, daß man ewig jung bleibt. Als sie mir diese Anekdote erzählte, hatte Ingrid mit mir gelacht, bis ihr die Tränen in den Augen standen. Ich frage mich, ob ihr die Tränen nicht kamen bei dem Gedanken an all die mit solchen unnützen Abenden verlorene Zeit.

Ich habe die Fotografie der Avenue des Champs-Élysées und die des Produzenten in ganz kleine Stücke gerissen und diese gemischt, bevor ich sie in den Papierkorb meines Zimmers streute. Das gleiche Schicksal habe ich dem Blatt angedeihen lassen, auf dem die Rede von jenem Alexandre d'Arc war, dessen falscher Name und dessen Kupplerberuf mir vor zehn Jahren so romantisch erschienen waren, daß ich diesen Statisten für würdig erachtet hatte, in einer Biographie Ingrids aufzutreten. Ich verspürte vage Gewissensbisse: hat ein Biograph das Recht, gewisse Einzelheiten unter dem Vorwand, daß er sie überflüssig findet, wegzulassen? Oder haben sie alle ihre Bedeutung und muß man

sie aneinanderreihen, ohne daß man sich erlaubt, eine auf Kosten der anderen zu bevorzugen, so daß nicht eine fehlen darf, wie bei der Bestandsaufnahme einer Pfändung?
Es sei denn, die Linie eines Lebens, wenn es einmal an sein Ende gekommen ist, reinigt sich selbst von all seinen unnötigen und dekorativen Elementen. Dann ist nur noch das Wesentliche übrig: die Leerstellen, die Pausen, die Fermaten. Während mir all diese schwerwiegenden Fragen durch den Kopf gingen, bin ich schließlich eingeschlafen.

Im Café auf dem Platz, Ecke Boulevard Soult, saßen am nächsten Morgen ein Mädchen und ein Junge, die nicht viel älter als zwanzig waren, am Tisch neben mir und lächelten mir zu. Ich hatte Lust, sie anzusprechen. Ich fand, sie paßten gut zueinander, er, brünett, und sie, blond. Vielleicht hatten wir so ausgesehen, Annette und ich, in diesem Alter. Ihre Anwesenheit tröstete mich, und sie haben mir etwas von ihrer Ausstrahlung und ihrer Frische vermittelt, denn ich war den ganzen Tag guter Stimmung.
Der Junge und das Mädchen haben mich über meine erste Begegnung mit Ingrid und Rigaud auf der Straße nach Saint-Raphaël nachdenken lassen. Ich hatte mich gefragt, warum sie angehalten und mich mit solcher Selbstverständlichkeit zu sich eingeladen hatten. Man hätte glauben können, daß sie mich schon seit jeher kennen. Gewiß, ich hatte eine schlaflose Nacht im Zug verbracht, und meine Müdigkeit gab mir das Gefühl,

daß alles möglich war und daß das Leben nicht mehr die geringste Unebenheit aufwies: es genügte, sich über einen sanften Hang gleiten zu lassen, den Arm zu heben, damit ein Auto anhielt und jemand einem half, ohne die mindeste Frage zu stellen. Man schlief unter Pinien ein, und beim Erwachen waren zwei blaßblaue Augen auf einen geheftet. Ich ging an Ingrids Arm die Rue de la Citadelle hinunter mit der Gewißheit, daß ich zum erstenmal in meinem Leben unter jemandes Obhut stand.

Ich hatte jedoch nicht die Art vergessen, in der Rigaud hinkte, so leicht wie nur möglich, als wollte er eine Verletzung verbergen, genausowenig wie die von Ingrid im Dunkeln geflüsterten Worte: Wir tun so, als wären wir tot. Beide mußten sie sich schon am Ende fühlen – zumindest Ingrid. Vielleicht war meine Gegenwart für sie eine Ablenkung und ein vorübergehender Trost gewesen. Vielleicht hatte ich eine Jugenderinnerung bei ihnen wachgerufen. Tatsächlich hatten sie sich in meinem Alter an der Côte d'Azur wiedergefunden. Sie waren sich selbst überlassen. Und Waisen. Das ist zweifellos der Grund, weshalb Ingrid wissen wollte, ob ich noch Eltern hätte.

Ich brauche heute abend in dem Zimmer des Hotel Dodds nicht in meinen Aufzeichnungen nachzusehen. Ich erinnere mich an alles, als sei es gestern gewesen ... Sie waren im Frühjahr 1942 an der Côte d'Azur eingetroffen. Sie war sechzehn Jahre alt und er einundzwanzig. Sie sind nicht wie ich am Bahnhof von Saint-Raphaël ausgestiegen, sondern in Juan-les-Pins. Sie kamen aus Paris und hatten heimlich die Demarkationslinie überschritten. Ingrid trug eine falsche Kennkarte auf den Namen Teyrsen Ingrid, verheiratete Rigaud, bei sich, die sie drei Jahre älter machte. Rigaud hatte im Futter seines Jacketts und auf dem Grund seines Koffers mehrere hunderttausend Francs versteckt.
In Juan-les-Pins waren sie an jenem Morgen die einzigen Reisenden. Eine Droschke wartete vor dem Bahnhof, eine schwarze Droschke, vor die ein Schimmel gespannt war. Wegen der Koffer haben sie beschlossen, sie zu nehmen. Das Pferd ging im Schritt, und sie fuhren an dem verlassenen Pinienwald entlang. Der Kutscher hielt den Kopf nach rechts geneigt. Von hinten hätte man glauben können, er sei eingeschlafen. An der Biegung der Route du Cap ist das Meer aufgetaucht. Die Droschke ist in einen ansteigenden Weg eingebogen. Der Kutscher hat mit der Peitsche geknallt, und das Pferd ist hinaufgetrabt. Dann hat es zu Füßen der riesigen weißen Masse des Hotels Provençal ruckartig angehalten.

»Wir müssen ihnen erklären, daß wir auf Hochzeitsreise sind«, hatte Rigaud gesagt.

Eine einzige Etage des Hotels war geöffnet, und die wenigen Gäste schienen sich da zu verstecken. Bevor er dort ankam, fuhr der Aufzug langsam durch dunkle, schweigende Stockwerke, wo er niemals mehr anhalten würde. Wer lieber die Treppe nahm, brauchte eine Taschenlampe. Der große Speisesaal blieb geschlossen, der Kronleuchter mit einem weißen Leintuch verhüllt. Auch die Bar war nicht mehr in Betrieb. Also traf man sich in einer Ecke der Halle.
Das Fenster ihres Zimmers an der Rückseite des Hotels ging auf eine Straße, die sanft zum Strand hin abfiel. Von ihrem Balkon aus überblickten sie den Pinienwald, und oft sahen sie, wie die Droschke auf der Route du Cap um die Kurve bog. Abends war die Stille so tief, daß es sehr lange dauerte, bis das Klappern der Hufe auf der Straße verklang. Ingrid und Rigaud spielten, wer von beiden so gute Ohren hatte, daß er als letzter dieses Hufeklappern hörte.

In Juan-les-Pins tat man so, als gäbe es den Krieg nicht. Die Männer trugen Strandhosen und die Frauen Pareos in hellen Farben. All diese Leute waren um die zwanzig Jahre älter als Ingrid und Rigaud, doch das merkte man kaum. Dank ihrer gebräunten Haut und ihrem sportlichen Gang wahrten sie ein jugendliches Aussehen und den Anschein von Sorglosigkeit. Sie wußten nicht, welchen Lauf die Dinge nehmen würden, wenn der Sommer zu Ende ginge. Zur Stunde des Aperitifs tauschten sie Adressen aus. Würde man diesen Winter in Megève Zimmer bekommen? Manche bevorzugten Val d'Isère und schickten sich schon an, am Col de l'Iseran zu »reservieren«. Andere hatten nicht die Absicht, die Côte d'Azur zu verlassen. Vielleicht würde das Altitude 43 in Saint-Tropez wieder aufmachen, dieses weiße Hotel, das aussieht wie ein zwischen den Pinien oberhalb der Plage de la Bouillabaisse gestrandeter Dampfer. Dort wäre man in Sicherheit. Eine flüchtige Angst stand unter der Bräune in den Gesichtern geschrieben: sich vorzustellen, daß man pausenlos auf die Suche nach einem Ort wäre, den der Krieg verschont hat, und daß diese Oasen immer seltener würden ... An der Küste begann die Rationierung. An nichts denken, um nicht den Mut zu verlieren. Diese müßigen Tage geben einem manchmal das Gefühl, unter Hausarrest zu stehen. Man mußte den Kopf leerpumpen. Sich von der Sonne und dem Schwanken der Palmen in der Brise sanft betäuben lassen ... Die Augen schließen. Ingrid und Rigaud lebten im gleichen Rhythmus wie diese Leute, die den Krieg vergaßen, doch sie hielten sich abseits und vermieden es, sie anzusprechen. Am Anfang hatte man sich über ihre Jugend gewundert. Warteten sie auf ihre Eltern? Waren sie in Ferien? Rigaud hatte geantwortet, daß Ingrid und er »auf Hochzeitsreise« seien, ganz einfach. Und diese Antwort, weit davon entfernt, sie zu überraschen, hatte die Gäste des Provençal getröstet. Wenn junge Leute noch auf Hochzeitsreise gingen, so

bedeutete das, daß die Situation gar nicht so tragisch war und die Erde sich weiterdrehte.
Morgens gingen sie beide an den Strand, der sich unterhalb des Pinienwaldes, zwischen dem Casino und dem Beginn der Route du Cap erstreckte. Der Privatstrand des Hotels mit seiner Pergola und seinen Badekabinen funktionierte nicht mehr »wie in Friedenszeiten«, um den Ausdruck des Portiers vom Provençal zu verwenden. Einige Liegestühle und Sonnenschirme standen den Gästen noch zur Verfügung. Doch bis zum Kriegsende war es verboten, die Badekabinen zu benutzen. Der Neuankömmling fragte sich, ob er nicht eine strafbare Handlung begangen habe, indem er sich auf diesen Strand begab. Er schämte sich sogar ein bißchen, Sonnenbäder zu nehmen. In den ersten Tagen beruhigte Rigaud Ingrid, die jeden Augenblick glaubte, man würde sie fragen, was sie hier täten, denn sie litt noch unter den Nachwirkungen des schwierigen Lebens, das sie in Paris geführt hatte. Er hatte ihr in einem Geschäft von Juan-les-Pins einen blaßgrünen Badeanzug gekauft. Und auch einen Pareo mit pastellfarbenem Muster, wie sie die anderen Frauen trugen. Sie lagen auf einem Steg, und sobald die Sonne ihre Haut getrocknet hatte, sprangen sie erneut ins Meer. Sie schwammen in die offene See hinaus und kehrten dann auf dem Rücken liegend, Seite an Seite zum Strand zurück. Am frühen Nachmittag, wenn die Hitze zu groß war, überquerten sie die menschenleere Straße und folgten dem pinien- und palmengesäumten Weg, der zum Eingang des Provençal führte. Oft war der Portier nicht an der Rezeption. Doch Rigaud be-

wahrte den Schlüssel in der Tasche seines Bademantels auf. Und dann kam die langsame Fahrt im Aufzug, die dunklen Stockwerke, die stille, endlose Flure ahnen ließen und Zimmer, von denen sicherlich nur die Matratze übrig war. Je höher der Aufzug kam, um so leichter wurde die Luft, das Dämmerlicht umhüllte sie mit Kühle. In der fünften Etage schlug die große Gittertür hinter ihnen zu, und nichts störte mehr die Stille.

Sie betrachteten von ihrem Balkon aus den Pinienwald, an dessen Rand man unter dem dunklen Grün den weißen Fleck des Casinos erkannte. Und entlang der Umfassungsmauer des Hotels die abfallende Straße, auf der niemand vorüberging. Dann schlossen sie die Fensterläden des Zimmers – blaßgrüne Läden, von der gleichen Farbe wie Ingrids Badeanzug.

Abends gingen sie am Pinienwald entlang, um im einzigen Restaurant von Juan-les-Pins, das die Beschränkungen ignorierte, zu essen. Gäste aus Nizza und Cannes kamen dorthin. Am Anfang fühlte sich Ingrid dort nicht wohl.

Die Stammgäste grüßten einander von Tisch zu Tisch, die Männer schlangen lässig den Pullover um die Schultern, die Frauen zeigten ihren gebräunten Rükken und hüllten ihr Haar in kreolische Tücher. Man konnte englisch geführte Unterhaltungen aufschnappen. Der Krieg war so weit weg ... Das Restaurant nahm den Seitentrakt eines ans Casino angrenzenden Gebäudes ein, und die Tische standen bis aufs Trottoir hinaus. Es hieß, die Besitzerin – eine gewisse Mademoiselle Cotillon – habe mit dem Gericht zu tun gehabt, genieße aber heute »Protektion«. Sie war sehr liebenswürdig und ließ sich in Juan-les-Pins Prinzessin von Bourbon nennen.

Sie kehrten ins Hotel zurück, und in den mondlosen Nächten überkam beide eine Unruhe. Keine einzige Straßenlampe, kein einziges erleuchtetes Fenster. Das Restaurant der Prinzessin von Bourbon erstrahlte noch, als sei sie die Letzte, die es wagt, der Sperrstunde zu trotzen. Doch nach ein paar Schritten verschwand dieses Licht, und sie gingen im Finstern. Auch das Stimmengewirr erstarb. All diese Leute, deren Anwesenheit an den Tischen sie beruhigte und die sie tagsüber am Strand sahen, kamen ihnen jetzt unwirklich vor: Statisten, die zu einer Theatertournee gehörten, die der Krieg in Juan-les-Pins gestoppt hatte, und die gezwungen waren, ihre Rollen als falsche Sommergäste auf dem Strand und im Restaurant einer falschen Prinzessin von Bourbon zu spielen. Das Provençal selbst, dessen weiße Masse man auf dem Grund der Finsternis ahnte, war eine riesige Dekoration aus Pappmaché.
Und jedesmal, wenn sie diesen dunklen Pinienwald durchquerten, wurde Ingrid von einem Weinkrampf geschüttelt.

Doch sie betraten die Halle. Das funkelnde Licht des Kronleuchters ließ sie blinzeln. Der Portier saß in Uniform hinter dem Schreibtisch der Rezeption. Er lächelte und reichte ihnen den Schlüssel des Zimmers. Alles gewann wieder ein wenig Konsistenz und Wirklichkeit. Sie befanden sich in einer echten Hotelhalle mit echten Wänden und einem echten Portier in Uniform. Dann stiegen sie in den Aufzug. Und erneut regte sich in ihnen Zweifel und Unruhe, als sie auf den Knopf der fünften Etage drückten und die Knöpfe der anderen Etagen mit einem Klebeband abgedeckt waren, um deutlich zu machen, daß diese gesperrt seien.
Am Ende ihrer langsamen Auffahrt im Dunkeln erreichten sie einen Flur, der von nackten Glühlampen schwach erhellt wurde. So war es. Sie gelangten vom Licht in den Schatten und vom Schatten ins Licht. Man mußte sich an diese Welt gewöhnen, wo alles von einem Augenblick auf den anderen schwanken konnte.

Morgens, wenn sie die Fensterläden öffneten, überflutete ein grelles Licht das Zimmer. Das war genau wie in früheren Sommern. Das Dunkelgrün der Pinien, der blaue Himmel, die Eukalyptus- und Oleanderdüfte der Avenue Saramartel, die zum Strand hinabgeht … Im Hitzedunst erhob sich für alle Ewigkeit die große weiße Fassade des Provençal, und man hatte den Eindruck, daß dieses Bauwerk Schutz bot, wenn man es vom Steg aus, liegend, nach dem Bad betrachtete.

Eine winzige Einzelheit wird genügt haben, diese Landschaft zu verschandeln, ein dunkler Fleck, den Rigaud zum erstenmal am Spätnachmittag auf einer Bank an einem der Wege des Pinienwaldes entdeckt hatte. Ingrid und er kamen von einem Spaziergang entlang der Küstenstraße zurück. Ein Mann im Straßenanzug saß auf der Bank und las Zeitung. Und im Kontrast zur dunklen Farbe seines Anzugs war sein Teint von einem milchigen Weiß wie bei jemandem, der sich nie der Sonne aussetzt.

Am nächsten Morgen lagen sie beide auf dem Steg. Und wieder hatte Rigaud diesen dunklen Fleck bemerkt, aufgestützt auf die Balustrade der Erdaufschüttung links von den Treppen, die zum Strand führten. Der Mann beobachtete die wenigen Leute, die Sonnenbäder nahmen. Rigaud war der einzige, der ihn sah, denn die anderen wandten ihm den Rücken zu. Einen Augenblick lang hatte er ihn Ingrid zeigen wollen, doch er hatte sich anders besonnen. Er hatte sie mit zum Meer gezogen, sie waren noch weiter hinausgeschwommen als sonst und auf dem Rücken liegend zum Steg zurückgekehrt. Ingrid wollte lieber auf dem Strand bleiben, denn das Holz des Stegs war glühend heiß. Rigaud hatte ihr bei den Kabinen einen Liegestuhl geholt. Er kam zu Ingrid zurück, die in ihrem hellgrünen Badeanzug am Rand des Wassers stand, und er hatte zur Balustrade aufgeblickt. Diesmal schien der Mann Ingrid zu belauern, dabei rauchte er eine Zigarette, die an seinen Lippen kleben blieb. Sein Gesicht war immer noch genau so milchig, trotz den Sonnenstrahlen. Und sein Anzug noch dunkler im

Kontrast zu den weißen Galerien und Kabinen des Strandes. Rigaud hatte ihn noch einmal entdeckt, zur Stunde des Aperitifs, hinten in der Halle sitzend, den Blick auf die Gäste gerichtet, die aus dem Aufzug kamen.

Bis dahin konnte er seine Gesichtszüge nicht so recht erkennen. Am selben Abend hatte er im Restaurant der Prinzessin von Bourbon genügend Zeit dazu. Der Mann saß hinten im Saal an einem Tisch neben ihnen. Ein knochiges Gesicht. Nach hinten gekämmtes blondes Haar mit rötlichem Schimmer. Die milchige Haut schien an den Backenknochen pockennarbig. Er hatte seinen Straßenanzug an und ließ seinen aufmerksamen Blick über die Tische schweifen, an denen die Stammgäste Platz genommen hatten. Man hätte glauben können, er wolle sie zählen. Schließlich blieb sein Blick an Ingrid und Rigaud hängen.

»Sind Sie in Ferien?«

Er hatte versucht, den metallischen Klang seiner Stimme zu mildern, als wäre er darauf aus, daß sie ein schändliches Geheimnis gestehen. Ingrid wandte den Kopf zu ihm um.

»Nicht direkt«, sagte Rigaud. »Wir sind auf Hochzeitsreise.«

»Auf Hochzeitsreise?«

Mit einem Kopfnicken drückte er geheuchelte Bewunderung aus. Dann zog er aus der Tasche seines Jacketts eine Zigarettenspitze, steckte eine Caporal hinein – die Schachtel lag auf dem Tisch –, zündete

sie an und nahm einen langen Zug, was seine Wangen höhlte.
»Sie haben Glück, auf Hochzeitsreise zu sein ...«
»Glück? Finden Sie wirklich?«
Rigaud bedauerte die freche Art, in der er geantwortet hatte. Er hatte mit großen Augen den Mann angestarrt und Erstaunen gemimt.
»Angesichts der Umstände erlauben sich wenige Leute Ihres Alters, auf Hochzeitsreise zu gehen ...«
Wieder dieser scheinheilige Ton. Ingrid blieb stumm. Rigaud erriet, daß es ihr peinlich war und daß sie gern das Restaurant verlassen hätte.
»Vertragen Sie die Zigaretten gut?« fragte Rigaud den Mann, indem er auf die Schachtel Caporal auf dem Tisch zeigte.
Ein Taumel. Es war zu spät, ihm zu widerstehen. Der Mann betrachtete ihn mit zusammengekniffenen Augen. Rigaud hörte sich sagen:
»Kratzen sie nicht im Hals? Ich habe englische, wenn Sie wollen.«
Und er hielt ihm eine Schachtel Craven hin.
»Ich rauche keine englischen Zigaretten«, sagte der Mann mit verkrampftem Lächeln. »Ich kann es mir nicht leisten.«
Dann las er die Speisekarte und tat von diesem Augenblick an so, als würde er Ingrid und Rigaud nicht beachten. Sein Blick schweifte weiter unablässig über die Tische, als wollte er sich das Gesicht jeder anwesenden Person einprägen und später Notizen machen.

Zurück im Hotel bedauerte Rigaud seine kindisch provozierende Geste. Die Schachtel Craven hatte er in der Nachttischschublade entdeckt, leer, vergessen von einem Gast der glücklichen Tage vor dem Krieg. Ingrid und er standen mit aufgestützten Ellbogen auf dem Balkon. Unten hoben sich das Kirchendach und die Pinien gegen das Mondlicht ab. Die Zweige verbargen die Terrasse des Restaurants der Prinzessin von Bourbon.
»Wer kann das sein, dieser Typ?« fragte Ingrid.
»Ich weiß nicht.«
Wäre er allein gewesen, hätte die Anwesenheit dieses Mannes ihm kein Gefühl der Bangigkeit eingeflößt. Er hatte nie vor etwas Angst gehabt seit dem Beginn des Krieges, aber er hatte Angst um Ingrid.

Oft blieb der dunkle Fleck – wie Rigaud ihn nannte – unsichtbar. Man konnte glauben, die Sonne von Juan-les-Pins habe ihn für immer zum Verschwinden gebracht. Leider tauchte er dort wieder auf, wo man ihn nicht mehr erwartete. Auf der Balustrade des Strandes zur Badezeit. Auf dem Trottoir der Route du Cap. Auf der Terrasse des Casinos. Eines Abends, als Rigaud sich anschickte, den Aufzug zu nehmen, um zu Ingrid ins Zimmer zurückzukehren, hatte er hinter sich eine metallische Stimme gehört:
»Immer noch auf Hochzeitsreise?«
Er hatte sich umgedreht. Der Mann stand vor ihm und sah ihn mit schmeichelndem Blick an.
»Ja. Immer noch auf Hochzeitsreise.«

Er hatte so neutral wie möglich geantwortet. Ingrid zuliebe.

Eines Nachts war er gegen drei Uhr aufgewacht und hatte wegen der erstickenden Hitze das Fenster geöffnet. Ingrid schlief und hatte das Laken ans Fußende des Betts geschoben. Ein Lichtschimmer des Mondes lag auf ihrer Schulter und der Biegung ihrer Hüfte. Er war nervös und konnte nicht wieder einschlafen. Er stand auf und verließ auf Zehenspitzen das Zimmer, um zu versuchen, sich eine Schachtel Zigaretten zu beschaffen. Die Glühbirnen im Flur verbreiteten ein schwächeres Licht als sonst. Das Licht im Aufzug war gelöscht, doch der Kronleuchter unten strahlte ganz hell.

Er schickte sich an, die Halle zu durchqueren, als er hinter dem Schreibtisch der Rezeption den dunklen Fleck sah. Der Mann war allein, über ein aufgeschlagenes Melderegister gebeugt, und machte sich Notizen. Er hatte Rigauds Anwesenheit nicht bemerkt, und ihm blieb noch Zeit, kehrtzumachen und ins Zimmer zurückzugehen. Doch wie an jenem Abend im Restaurant der Prinzessin von Bourbon ergriff ihn ein Taumel. Langsam ging er auf den Schreibtisch der Rezeption zu. Der Mann war immer noch in seine Arbeit vertieft. Vor ihm angekommen, legte Rigaud seine beiden Hände flach auf den Marmor. Da hob der Andere den Kopf und setzte ein starres Lächeln auf.

»Ich will mir eine Schachtel Zigaretten holen«, sagte Rigaud.

»Craven, nehme ich an?«
Es war der gleiche scheinheilige Ton wie an jenem Abend.
»Aber ich störe Sie bei Ihrer Arbeit. Ich werde später wiederkommen.«
Und Rigaud beugte sich ostentativ über das Heft, in das der Mann seine Notizen eintrug: eine Liste von Namen, die er abgeschrieben hatte, die Namen der im Melderegister des Hotels aufgeführten Gäste. Der Mann schlug mit einer schroffen Gebärde das Heft zu.
»In Ermangelung von Craven nehmen Sie doch sicher so eine ...«
Er hielt ihm seine Schachtel Caporal hin.
»Nein, danke.«
Rigaud hatte es in freundlichem Ton gesagt. Er wandte den Blick nicht von dem großen Melderegister, das offen vor ihm lag.
»Haben Sie Notizen gemacht?«
»Ich habe ein paar Informationen gesammelt. Und Sie, Sie sind auf Hochzeitsreise, während ich arbeite ...«
Wie an jenem Abend umfing er Rigaud mit einem schmeichelnden Blick. Und sein Lächeln entblößte einen Goldzahn.
Rigaud hatte den Kopf gesenkt. Vor ihm der dunkle Fleck des Anzugs. Ein zerknitterter Anzug. Vom Kragen des braunen Hemdes hing eine zu kleine schwarze Krawatte herab. Der Mann hatte eine Zigarette angezündet. Asche fiel auf das Revers des Jacketts. Rigaud roch plötzlich einen komischen Geruch – eine Mischung aus Tabak, Schweiß und Veilchenparfüm.

»Es tut mir wirklich leid, daß ich auf Hochzeitsreise bin«, sagte er. »Aber so ist es nun mal ... Und es kann nicht anders sein ...«
Dann drehte er ihm den Rücken zu und durchquerte die Halle in Richtung Aufzug. Als er vor der Gittertür stand, betrachtete er den Mann dort drüben am Schreibtisch der Rezeption. Der Andere fixierte ihn ebenso. Und unter dem beharrlichen Blick Rigauds nahm er schließlich seine Arbeit wieder auf, indem er sich so ungezwungen wie möglich gab. Er blätterte im Melderegister des Hotels und schrieb ab und zu etwas in sein Heft, zweifellos den Namen eines Gastes, der ihm entgangen war.

Im Zimmer schlief Ingrid noch immer. Rigaud setzte sich ans Fußende des Betts und betrachtete dieses glatte, kindliche Gesicht. Er wußte, daß er keinen Schlaf mehr finden würde.
Er lehnte sich an die Balkonbrüstung. Von dort konnte er sie noch bewachen. Ingrids linke Wange ruhte an ihrem ausgestreckten Arm. Ihre Hand ragte ins Leere. Er hörte das Klappern der Hufe, das die Droschke ankündigte, und fragte sich, ob er nicht das Opfer einer Täuschung sei. Warum diese Droschke, so spät? Das Geräusch kam näher, und er beugte sich vom Balkon in der Hoffnung, den Schimmel vorübergehen zu sehen. Doch eine Piniengruppe verbarg die Biegung der Route du Cap.
Das Klappern der Hufe entfernte sich, und er konnte nicht mit Ingrid spielen, wer sie als letzter hört. Er

schloß die Augen. Jetzt war das Klappern dort drüben auf der Straße fast unhörbar. Es würde verstummen, und nichts würde mehr die Stille stören. Er stellte sich neben Ingrid in der Droschke vor, die dieser Straße folgte. Er beugte sich zum Kutscher und fragte ihn, was das Ziel der Reise sei, doch dieser war eingeschlafen. Ingrid auch. Ihr Kopf war auf seine Schulter gesunken, und er spürte ihren Atem in der Halsbeuge. Nur noch er und der Schimmel blieben wach. Ihn hinderte die Angst daran, einzuschlafen. Aber den Schimmel? Wenn er plötzlich auf der Straße stehenblieb, mitten in der Nacht?

Am nächsten Morgen nahmen sie ein Sonnenbad auf dem Steg, und von Zeit zu Zeit blickte Rigaud hinauf zur Balustrade, die den Strand überragte, um zu sehen, ob sich der dunkle Fleck nicht dort befand. Doch nein. Er hatte sich verflüchtigt. Für wie lange? Zu welchem Zeitpunkt, an welcher Stelle von Juan-les-Pins würde er wieder auftauchen?
Ingrid hatte den großen Strandhut, der sie vor der Sonne schützte, im Zimmer vergessen.
»Ich hole ihn«, sagte Rigaud.
»Aber nein. Bleib da.«
»Doch. Ich gehe.«
Es war ein Vorwand, um einen Augenblick den Strand zu verlassen, ohne Ingrids Besorgnis zu wecken. Er wollte nachsehen, ob der Mann sich nicht in der Umgebung aufhielt. Er wäre entspannter, wenn er ihn orten könnte. Aber er war weder in den Gärten noch in

der Halle des Hotels. Mit dem Strandhut in der Hand machte Rigaud einen Umweg über die Rue de l'Oratoire, die wieder zum Pinienwald führte. Die Sonne war bleiern, und er folgte dem Trottoir auf der Schattenseite. Zehn Meter vor ihm ging ein großgewachsener Mann mit leicht gebeugtem Rücken. Er erkannte den Portier des Hotels.

Der Strandhut ähnelte denen, die seine Mutter vor zehn Jahren getragen hatte. Ingrid hatte ihn in einem Geschäft in der Nähe des Casinos gekauft, wo nur noch dieser Hut in der Auslage war: jemand – vielleicht seine Mutter – hatte ihn am Ende eines Sommers in Juan-les-Pins vergessen wie die leere Craven-Schachtel, die er in der Schublade entdeckt hatte.

Der Portier ging langsam vor ihm her, und er wollte ihn nicht überholen. Er erinnerte sich an die Villa an der Route du Cap, wo seine Mutter manchmal mit ihm eine amerikanische Freundin besuchte. An jenen Tagen brachen sie nach dem Mittagessen von Cannes auf. Er war zwischen zehn und zwölf Jahre alt. Der Besuch bei der Amerikanerin dauerte bis zum Abend. Viele Menschen im Salon und auf dem Hafendamm drunten. All diese Leute interessierten sich für Wasserski, und die Amerikanerin war die erste Frau gewesen, die diesen Sport betrieben hatte. Er erinnerte sich genau an einen der Gäste: ein braungebrannter Mann mit weißem Haar, der Körper so trocken wie der einer Mumie, und ebenfalls ein großer Liebhaber des Wasserskisports. Jedesmal wies seine Mutter ihn auf diesen Gast hin und sagte: »Geh und sag Monsieur Bailby guten Tag«, bevor sie ihn im Garten zurückließ, wo er

den ganzen Nachmittag allein spielte. Unangenehme Erinnerungen. Der Portier, der vor ihm herging, hatte sie wachgerufen. Er holte ihn ein und legte ihm eine Hand auf die Schulter. Der Andere drehte sich erstaunt um und lächelte:
»Sie sind ein Gast des Hotels, wenn ich mich nicht irre?«
Ein Impuls trieb Rigaud zu diesem Mann. Er fühlte sich seit dem Vortag so hilflos, er fürchtete so sehr, Ingrid könne ein Unglück zustoßen, daß er bereit war, sich an jeden Rettungsring zu klammern.
»Ich bin der Sohn von Madame Paul Rigaud ...«
Der Satz war ihm entschlüpft und er mußte lachen. Warum sich plötzlich auf seine Mutter berufen, diese so wenig mütterliche Frau, die ihn ganze Tage lang im Garten der Villa allein gelassen und eines Abends sogar dort vergessen hatte? Später, als er in einem Internat in den Alpen vor Hunger und Kälte umkam, war das einzige, was sie ihm zu schicken für richtig gehalten hatte, ein seidenes Hemd.
»Sind Sie wirklich der Sohn von Madame Paul Rigaud?«
Der Andere betrachtete ihn, als wäre er der Prinz von Wales.
»Das hätten Sie mir doch früher sagen müssen, Monsieur, daß Sie ihr Sohn sind ...«
Der Portier hatte sich aufgerichtet und schien so gerührt, daß Rigaud das Gefühl hatte, einen Zauberspruch getan zu haben. Er fragte sich, ob er nicht Juan-les-Pins als Zuflucht gewählt hatte, weil dieser Ort mit seiner Kindheit verbunden war. Eine traurige, doch

behütete Kindheit in einer Welt, die noch an ihren Fortbestand glaubte oder zu frivol war, um an die Zukunft zu denken. So auch seine Mutter, dieses leichtsinnige Ding ... Sie hätte wirklich nichts begriffen vom Krieg oder dem gespenstischen Juan-les-Pins von heute, wo man mit falschen Papieren in der Tasche auf dem Schwarzmarkt lebte. Und nun bediente er sich ihrer als letzter Rettung.

»Ich habe Madame Paul Rigaud in so guter Erinnerung ... Sie traf ihre Freunde hier, in Juan ... Und Sie, Sie sind ihr Sohn ...«

Er umfing ihn mit einem beschützenden Blick. Rigaud war sicher, daß dieser Mann ihm helfen konnte.

»Ich möchte Sie um Rat fragen«, stammelte er. »Ich bin in einer heiklen Lage ...«

»Hier können wir besser reden.«

Er zog ihn unter das Gewölbe eines großen weißen Gebäudes, dessen Dächer und verlassene Pausenhöfe Rigaud vom Balkon ihres Zimmers aus sehen konnte: die Saint-Philippe-Schule. Sie kamen auf einen der Pausenhöfe, an den sich ein überdachter Teil anschloß, und der Portier führte ihn bis zu einer Platane am Rand des Hofes. Er zeigte auf die Bank am Fuß der Platane:

»Setzen Sie sich.«

Er setzte sich neben Rigaud.

»Erzählen Sie.«

Dieser Mann hätte sein Großvater sein können, er hatte weißes Haar und lange Beine, die er übereinanderschlug. Und das Aussehen eines Engländers oder Amerikaners.

»Also ...«, begann Rigaud mit zögernder Stimme. »Ich bin von Paris hierher gekommen mit einem jungen Mädchen ...«
»Ihre Frau, wenn ich mich nicht irre?«
»Sie ist nicht meine Frau ... ich habe ihr falsche Papiere beschafft ... Sie mußte Paris verlassen ...«
»Ich verstehe ...«
Und wenn all das nur ein böser Traum war? Wie konnte der Krieg einen Anschein von Realität haben, wenn man in der nachmittäglichen Ruhe der Provinz unter der Platane eines Schulhofs saß? Hinten die Klassenzimmer und hier ein weißhaariger Mann mit warmherziger Stimme, der sich gerührt der Mutter erinnert. Und das beruhigende, monotone Zirpen der Grillen.
»Sie können nicht länger im Hotel bleiben«, sagte der Portier. »Aber ich werde einen anderen Unterschlupf für Sie finden ...«
»Glauben Sie wirklich, daß wir nicht mehr bleiben können?« murmelte Rigaud.
»Nächste Woche werden in allen Hotels der Côte Razzien stattfinden.«
Eine Katze schlich durch die angelehnte Tür eines Klassenzimmers, durchquerte den überdachten Hof und rollte sich mitten in einem Sonnenfleck zusammen. Und man hörte immer noch das Zirpen der Grillen.
»Wir sind schon von einem Mann kontrolliert worden, der extra aus Paris gekommen ist.«
»Ich weiß«, sagte Rigaud. »Ein Mann in dunklem Anzug. Glauben Sie, daß er immer noch da ist?«

»Leider«, sagte der Portier. »Er bewegt sich zwischen Cannes und Nizza. Er verlangt, alle Hotelregister zu überprüfen.«

Rigaud hatte Ingrids Strandhut neben sich auf die Bank gelegt. Es mußte sie beunruhigen, daß er nicht wiederkam. Er hätte gewünscht, sie wäre mit ihnen in diesem Schulhof, wo man sich in Sicherheit fühlte. Dort drüben schlief die Katze mitten in dem Sonnenfleck.

»Glauben Sie nicht, daß wir uns hier verstecken könnten?« fragte Rigaud.

Und er zeigte auf die Klassenzimmer und den ersten Stock des Gebäudes, wo zweifelsohne Schlafräume lagen.

»Ich habe ein besseres Versteck für Sie«, sagte der Portier. »Die Villa einer Amerikanerin, bei der Ihre Mutter früher häufig verkehrte.«

Auf dem Weg zum Strand überlegte Rigaud, was er Ingrid sagen würde. Er würde ihr verheimlichen, daß für die nächste Woche Razzien vorgesehen waren, und ihr nur erklären, daß eine Freundin seiner Mutter ihm eine Villa anbot. Seine Mutter ... Durch welche Ironie des Schicksals trat sie auf so nachdrückliche Weise wieder in sein Leben, während ihre Anwesenheit ihm immer gefehlt hatte, als sie notwendig gewesen wäre? Und jetzt, da sie tot war, schien es, als suche Madame Paul Rigaud Vergebung und wollte alles Unrecht auslöschen, das sie ihm angetan hatte.

Der Strand war verlassen. Nicht einmal die paar Liegestühle waren zusammengeklappt, die dem Meer gegenüber standen. Nur Ingrid war noch da. Sie nahm auf dem Steg ein Sonnenbad.

»Ich habe den Portier des Provençal getroffen«, sagte Rigaud. »Er hat eine Villa für uns gefunden. Das Hotel wird bald schließen.«

Ingrid hatte sich auf den Rand des Stegs gesetzt, die Füße im Leeren. Sie hatte den großen Hut aufgesetzt, der ihr Gesicht verdeckte.

»Komisch«, sagte sie. »Sie sind alle zur gleichen Zeit gegangen.«

Rigaud wandte den Blick nicht von den leeren Liegestühlen.

»Sie machen sicher einen Mittagsschlaf...«

Doch er wußte sehr gut, daß an den anderen Tagen um die gleiche Zeit noch Leute am Strand waren.

»Baden wir?« sagte Ingrid.

»Ja.«

Sie hatte ihren Hut abgenommen und ihn auf den Steg gelegt. Sie machten beide einen Kopfsprung. Das Meer war so glatt wie ein See. Sie schwammen vielleicht fünfzig Meter. Rigaud hob leicht den Kopf in Richtung Strand und Steg. Ingrids großer Hut bildete einen roten Fleck auf dem dunklen Holz. Es war weit und breit das einzige Zeichen menschlicher Gegenwart.

Gegen fünf Uhr nachmittags verließen sie den Strand, und Rigaud wollte eine Zeitung auftreiben. Ingrid wunderte sich. Seit ihrer Ankunft in Juan-les-Pins hat-

ten sie auch nicht eine Zeitung gelesen, außer einer Filmzeitschrift, die Ingrid jede Woche kaufte.
Aber der Zeitungsladen war geschlossen. Und in der Rue Guy de Maupassant hatten schon alle Geschäfte die Rolläden heruntergelassen. Sie waren die einzigen, die da auf dem Bürgersteig gingen. Sie machten kehrt.
»Findest du nicht, daß das sonderbar ist?« fragte Ingrid.
»Nein ... Keineswegs ...«, sagte Rigaud, bemüht, einen gleichgültigen Ton zu finden. »Die Saison ist zu Ende ... Und wir haben es nicht gemerkt ...«
»Warum wolltest du eine Zeitung kaufen? Ist etwas passiert?«
»Nein.«
Der Pinienwald lag auch wie ausgestorben. Und auf dem Gelände, wo sonst Pétanquepartien ausgetragen wurden, kein einziger Spieler: hatten auch die Bewohner von Juan-les-Pins ihre Stadt verlassen, wie die Sommergäste?
Vor dem Eingang des Provençal stand die Droschke mit dem Schimmel, und der Kutscher hatte gerade einen Stapel Koffer aufgeladen. Dann stieg er auf seinen Platz und ließ die Peitsche knallen. Das Pferd begann, in noch langsamerem Schritt als üblich die Auffahrt zum Hotel hinunterzugehen. Ingrid und Rigaud blieben einen Augenblick regungslos auf der Schwelle stehen, um das Klappern der Hufe verklingen zu hören.
Rigaud empfand eine Furcht, die Ingrid wohl teilte, denn sie sagte:

»Es wird vielleicht ein Erdbeben geben ...«
Und das Sonnenlicht vertiefte noch die Stille um sie her.

Niemand in der Halle der Hotels. Um diese Stunde saßen die Gäste an den Tischen im Hintergrund beim Aperitif, und wenn Ingrid und Rigaud vom Strand zurückkamen, wurden sie von Stimmengewirr empfangen.
Der Portier saß hinter dem Schreibtisch der Rezeption.
»Sie können noch eine Nacht hier bleiben. Morgen bringe ich Sie in der Villa unter.«
»Sind nur wir noch übrig?« fragte Rigaud.
»Ja. Die anderen sind nach dem Mittagessen abgereist. Wegen eines Artikels gestern in einer Pariser Zeitung ...«
Er drehte sich zu den Fächern um, wo einige nunmehr nutzlose Schlüssel hingen.
»Ich habe Sie in ein anderes Zimmer verlegt«, sagte der Portier. »Das ist klüger ... Sie sind im ersten Stock ... Ich werde Ihnen gleich ein Abendessen hinaufbringen ...«
»Haben Sie diesen Artikel?« fragte Rigaud.
»Ja.«
Diesmal nahmen sie die Treppe und folgten dem Flur, der von einem Nachtlicht erleuchtet wurde, bis zum Zimmer 116. Die Rolläden der Fenster waren heruntergelassen, doch die Sonne drang trotzdem hindurch und zeichnete kleine Lichtrechtecke auf den Boden.

Nur die Matratze des Betts war da. Rigaud ging an eines der Fenster und faltete die Zeitung auseinander, die der Portier ihm gegeben hatte. Die Überschrift des Artikels auf der ersten Seite sprang ihm in die Augen: »Das parfümierte Getto ... Illustre Gästeliste der Hotels an der Côte d'Azur.« Zu Beginn des Artikels eine Liste von Namen. Der seine war nicht dabei wegen seines französischen Klangs.

»Was steht in dem Artikel?« fragte Ingrid.

»Nichts Interessantes ...«

Er faltete die Zeitung zusammen und ließ sie in der Schublade des Nachttischs verschwinden. In einigen Jahren, wenn der Krieg vorbei wäre und im Hotel wieder der rege Betrieb von früher herrschte, würde ein Gast diese Zeitung entdecken, wie er, Rigaud, die leere Craven-Schachtel gefunden hatte. Er legte sich neben Ingrid auf die Matratze und zog sie an sich. Man brauchte nicht einmal mehr das Schild an die äußere Türklinke zu hängen, das auf dem Nachttisch herumlag: »Nicht stören.«

Er schlief unruhig. Er erwachte plötzlich und vergewisserte sich, daß Ingrid auch wirklich neben ihm auf der Matratze lag. Er hatte die Tür abschließen wollen, doch das war eine unnütze Vorsichtsmaßnahme: der Portier hatte ihm einen Nachschlüssel gegeben, der die Verbindungstüren zwischen den Hotelzimmern öffnete.

Männer, die von dem dunklen Fleck geführt wurden, drangen in die Halle ein und wollten eine Razzia

durchführen. Doch er hatte keine Angst um Ingrid. Die Männer folgten den Fluren der fünf Stockwerke mit Taschenlampen, die kaum die Dunkelheit durchbrachen. Und sie würden nacheinander die zweihundertfünfzig Zimmer des Hotels öffnen müssen, um nachzusehen, ob sie belegt waren oder nicht.
Er hörte das regelmäßige Türenschlagen in den oberen Stockwerken. Das Türenschlagen kam näher, laute Stimmen drangen bis zu ihm: der dunkle Fleck und die anderen befanden sich jetzt auf ihrer Etage. Seine Hand umklammerte den Nachschlüssel. Sobald er hören würde, daß sie die Tür des Nebenzimmers öffnen, würde er Ingrid wecken und sie würden sich ins nächste Zimmer hinüberschleichen. Und dieses Katz-und-Maus-Spiel würde durch alle Zimmer der Etage fortgeführt werden. Die anderen hatten wirklich keine Chance, sie zu finden, denn sie beide würden in der tiefsten Finsternis des Provençal kauern.
Erneut fuhr er aus dem Schlaf hoch. Kein Laut. Nicht das geringste Türenschlagen. Die Rolläden der Fenster ließen das Tageslicht herein. Er drehte sich zu Ingrid um. Die Wange auf den Arm geschmiegt, schlief sie ihren Kinderschlaf.

Am Ende der palmengesäumten Allee erhob sich die Villa mit ihrer Fassade im mittelalterlichen Stil, die ein Türmchen krönte. Damals, als er seine Mutter hierher begleitete, las Rigaud Walter Scott, und die Schlösser von *Ivanhoe* oder *Quentin Durward* stellte er sich so vor wie diese Villa. Beim erstenmal hatte er sich gewundert, daß die Amerikanerin oder »Monsieur Bailby« nicht wie die Gestalten auf den Illustrationen dieser Bücher gekleidet waren.

Der Portier wollte ihnen zuerst den Garten zeigen.

»Ich kenne ihn auswendig«, sagte Rigaud.

Er hätte mit geschlossenen Augen die Wege entlanggehen können. Dort waren der Brunnen und die falschen römischen Ruinen und der weite englisch geschnittene Rasen, von dem sich die Pinien und der Oleander abhoben. Und dort, am Rand des Rasens, hatte seine Mutter ihn eines Abends vergessen und war ohne ihn nach Cannes zurückgekehrt.

»Hier werden Sie sicher sein.«

Der Portier ließ den Blick über den Garten schweifen. Rigaud versuchte, sein Mißbehagen zu überwinden, indem er Ingrids Arm drückte. Er hatte den unangenehmen Eindruck, an den Ausgangspunkt zurückzukehren, an den Ort seiner Kindheit, für die er keinerlei Zärtlichkeit empfand, und die unsichtbare Gegenwart seiner Mutter zu spüren, während es ihm doch gelungen war, diese Unglückliche zu vergessen: sie war für ihn nur mit schlechten Erinnerungen verbunden. So würde er von neuem Stunden um Stunden der Gefangene dieses Gartens bleiben müssen ... Es lief ihm kalt über den Rücken. Der Krieg spielte ihm einen üblen Streich, indem er ihn zwang, wieder in dieses Gefängnis zurückzukehren, das seine Kindheit gewesen und dem er seit langem entronnen war. Die Wirklichkeit glich den Alpträumen, die er regelmäßig hatte: es war nach den großen Ferien im Schlafsaal des Internats ...

»Ich könnte Ihnen keinen sichereren Unterschlupf verschaffen«, wiederholte der Portier.
Er versuchte, Vernunft anzunehmen: seine Mutter war tot, er war jetzt ein Erwachsener.
»Beunruhigt Sie etwas?« fragte der Portier.
Auch Ingrid warf ihm einen fragenden Blick zu.
»Nein. Nein. Gar nichts.«
»Woran hast du gedacht?« fragte Ingrid.
»An nichts.«
Es genügte, Ingrids Stimme zu hören und ihrem Blick zu begegnen, damit die Vergangenheit zu Staub zerfiel samt ihren armseligen Requisiten: einer leichtsinnigen Mutter, einer Amerikanerin und Vorkämpferin des Wasserskisports, dem weißen Haar und der gebräunten Haut von Monsieur Bailby und den Cocktails trinkenden Gästen unten, am Rand des Hafendamms. Wie konnten all diese verblaßten Dinge ihn noch bekümmern?
Er ging neben Ingrid durch diesen Garten, der jetzt winzig war im Vergleich zu dem seiner Kindheit: ein Wald, wo er immer Angst hatte, sich zu verirren und den Weg zum Schloß nicht mehr zu finden.
»Jetzt werde ich Ihnen die Villa zeigen ...«
Und er stellte überrascht fest, wie auch die Villa ihm von bescheidener Größe zu sein schien neben dem Schloß aus den Romanen von Walter Scott, das er im Gedächtnis hatte. Das war also alles ...

Sie wählten das Zimmer im Türmchen wegen seiner weißen Wände. Das Zimmer der Amerikanerin im ersten Stock war geräumiger, doch die dunkle Holztäfelung, das Himmelbett und die Empire-Möbel verliehen ihm ein düsteres Aussehen. Meistens hielten sie sich in dem Salon des Erdgeschosses auf, der sich durch eine Veranda auf den Garten und das Meer öffnete. Eine ganze Wand des Salons wurde von einem Bücherschrank eingenommen, und sie hatten beschlossen, die Werke eins nach dem anderen zu lesen in der Reihenfolge, in der sie auf den Regalen standen.

Rigaud mied den Garten. An Sonnentagen aber gingen sie über die Steintreppe bis zum Hafendamm hinunter. Sie badeten und legten sich auf den Steg, wo man seinerzeit mit den Wasserski gestartet war. In einem direkt in den Felsen gehauenen Bootshaus lagen der Außenbordmotor und die Ski. Würden sie noch einmal benutzt werden, bevor sie verrotteten?

In der ersten Zeit riet der Portier des Provençal Rigaud und Ingrid davon ab, die Villa zu verlassen. Er sorgte für ihre Verpflegung. Er hatte Rigaud zum Bürgermeisteramt von Antibes begleitet, wo er dank eines Freundes eine »Arbeitsbescheinigung« hatte beschaffen können, die besagte, daß Monsieur und Madame Rigaud die Hausmeister der Villa Saint-Georges am Boulevard Baudouin in Juan-les-Pins, Alpes-Maritimes, seien. Im Grunde hatte er nur seine Pflicht erfüllt, denn die Amerikanerin hatte ihn beauftragt, in ihrer Abwesenheit die Villa zu bewachen. Sie hatte diese unter den Schutz der spanischen Botschaft gestellt. Rigaud, dem Universitätsdiplome, Verwaltungspapiere, Ausweise und Führungszeugnisse bis dahin unbekannt waren, hatte den Portier gebeten, ihm alle Bescheinigungen zu beschaffen, die ermöglichten, Ingrid endgültig unter den Schutz der französischen Polizei zu stellen. So trug er immer die Arbeitsbescheinigung auf den Namen von Monsieur und Madame Rigaud und ein offizielles Schreiben bei sich, in dem es hieß, daß die Villa unter der direkten Kontrolle der spanischen Botschaft in Vichy stehe. Folglich befanden sie sich auf neutralem Gebiet, und der Krieg ging sie, Ingrid und ihn, nichts mehr an.

Vorsichtshalber hatte er beschlossen, sich mit Ingrid kirchlich trauen zu lassen. Der einzige Beweis für ihre standesamtliche Trauung waren Ingrids falsche Papiere auf den Namen »Madame Rigaud«. Aber es hatte nie eine standesamtliche Trauung gegeben. Die kirchliche Trauung wurde an einem Samstag im Winter in der Kirche von Juan-les-Pins vorgenommen. Der Priester war ein Freund des Portiers, und die Trauzeugen waren der Portier und der Mann vom Bürgermeisteramt, der ihnen die Arbeitsbescheinigung ausgestellt hatte. Das Hochzeitsmahl fand im Salon der Villa statt. Der Portier hatte eine Flasche Champagner aus dem Keller geholt, und man stieß auf die Neuvermählten an. Rigaud fügte die Bescheinigung über seine kirchliche Trauung mit Ingrid den anderen Papieren, die er bei sich trug, hinzu.

Sie spielten gewissenhaft ihre Hausmeisterrolle und machten regelmäßig in der Villa sauber. Sie waren hinter dem kleinsten Staubkorn her, polierten die Möbel, putzten die Fenster. Rigaud kümmerte sich um den Außenbordmotor und die Wasserski. Die Amerikanerin und Monsieur Bailby würden sie unversehrt vorfinden, falls sie nicht zu alt waren, sie und er, um sie nach dem Krieg noch zu benutzen. Ja, der Krieg würde enden. So konnte es nicht bleiben. Alles würde wieder in Ordnung kommen. Das ist ein Naturgesetz. Doch man mußte am Leben bleiben bis dahin. Am Leben. Und keine Aufmerksamkeit auf sich ziehen. So unauffällig wie möglich sein. Sie hatten endgültig darauf verzichtet, durch die menschenleeren Straßen von Juan-les-Pins zu gehen. Wenn sie badeten, schwammen sie nicht weiter als fünfzig Meter hinaus, um zu vermeiden, daß man sie vom Ufer her sah.

Ingrid hatte Zeit, alle Romane von Pierre Benoit zu verschlingen, deren Bände aus rotem Saffianleder ein ganzes Regal einnahmen. Jeder von ihnen trug auf dem Vorsatzblatt eine herzliche Widmung an die Amerikanerin. Dann nahm sie die smaragdgrün gebundenen gesammelten Werke von Alexandre Dumas in Angriff. Sie las Abschnitte davon Rigaud vor, der mit den letzten auf dem Schwarzmarkt gefundenen Dosen Lackfarbe die Veranda strich.

Abends schalteten sie den großen Radioapparat des Salons an. Jedesmal zur gleichen Zeit verlas ein Sprecher mit metallischem Timbre in Form eines politischen Kommentars Kriegsnachrichten. Wenn er ihm zuhörte, war Rigaud überzeugt, daß der Krieg bald enden würde. Diese Stimme hatte keine Zukunft, man erriet es an ihrem immer metallischeren Klang. Das war schon eine Stimme aus dem Jenseits. Man würde sie noch ein bißchen hören, solange der Krieg dauerte, und dann würde sie von einem Tag auf den anderen verstummen.

Eines Winterabends, als sie im Dämmerlicht des Salons zuhörten, fragte Rigaud Ingrid:

»Erinnert dich das an nichts?«

»Nein.«

»Das ist die Stimme des rotblonden Typen im dunklen Anzug, dem wir letztes Jahr im Restaurant begegnet sind ... Ich bin sicher, daß er es ist ...«

»Glaubst du?«

Je mehr der Krieg seinem Ende entgegenging, um so lauter gellten die Sätze des Sprechers, die er unablässig wiederholte. Die Schallplatte kam ins Stocken. Die Stimme entfernte sich, sie wurde von Störgeräuschen übertönt und zeichnete sich ein paar Sekunden deutlich ab, bevor sie sich erneut verlor. Am Abend der Landung der amerikanischen Truppen einige Dutzend Kilometer von der Villa entfernt würden Ingrid und Rigaud noch immer das im Pfeifen der Nebengeräusche verlorene metallische Timbre des Sprechers unterscheiden können. Die Stimme würde vergeblich gegen diesen Sturm anzukämpfen suchen, der sie zudeckte. Bevor sie unterging, würde die Stimme sich abzeichnen in einem gellenden Satz wie ein Schrei des Hasses oder ein Hilferuf.

Es war zur Abendessenszeit, als sie den Sprecher hörten, und die Stimme hatte für sie jede Realität verloren. Sie war nur noch ein Hintergrundgeräusch, das sich mit der Musik der Bands und den Chansons jener Zeit mischte.

Die Tage, die Monate, die Jahreszeiten, die Jahre verstrichen, eintönig, in einer Art Ewigkeit. Ingrid und Rigaud erinnerten sich kaum, daß sie auf etwas warteten, was das Ende des Krieges sein mußte.

Manchmal entsann er sich ihrer und trübte das, was Rigaud ihre Hochzeitsreise nannte. Eines Novemberabends nahmen Bersaglieri im Laufschritt von Juan-les-Pins Besitz. Ein paar Monate später waren es die Deutschen. Sie bauten Befestigungen entlang dem Ufer und strichen um die Villa. Man mußte die Lichter löschen und sich totstellen.

Ich bin wieder die Elefanten anschauen gegangen, derer man nie überdrüssig wird.
Ein leichter Wind milderte die Hitze. Ich bin bis zur Umfassungsmauer des Zoos gegangen, der gegen Saint-Mandé hin von einer Allee des Bois de Vincennes gesäumt wird, und dort habe ich mich auf eine Bank gesetzt. Große Bäume, deren Blattwerk Schutz gewährt. Und eine Pinie.
Schließlich habe ich mich auf die Bank gelegt. Und ich habe mich gefragt, ob ich von selbst aufstehen würde, wenn der Zoo seine Pforten schlösse, oder ob ich warten würde, bis der Wächter mich bäte, den Ort zu verlassen. Ich habe die Versuchung verspürt, nicht mehr in mein Zimmer im Hotel Dodds zurückzukehren und mich auf dieser schiefen Bahn abgleiten zu lassen, auf die ich ja vielleicht geraten war: Clochard zu werden.
Ich fühlte mich wohl. Manchmal hörte ich das Trompeten eines Elefanten. Ich wandte die Augen nicht von dem dunkelgrünen Schirm der Pinie, der sich vom Himmel abhob. Juan-les-Pins. Auch ich hatte mich vor langer Zeit einmal an diesem Ort wiedergefunden, in dem Sommer, als ich einundzwanzig Jahre alt war. Doch ich wußte noch nicht, daß Ingrid und Rigaud dort gelebt hatten. Ich hatte im Sommer zuvor ihre Bekanntschaft gemacht, und da ich sie seitdem nicht wiedergesehen hatte, hatte ich sie vergessen.
Cavanaugh war es, der mich wegen eines Jazzfestivals

nach Juan-les-Pins geschleppt hatte. Wir waren uns unserer Berufung zu Entdeckern noch nicht deutlich bewußt. Cavanaugh war in die Schwester eines schwarzen Pianisten verliebt und der Chauffeur eines anderen Musikers geworden, dessen Name genügt, meine Trübsal wegzublasen: Dodo Marmarosa.
Ich wünschte, diese Pinie an der Grenze zwischen Saint-Mandé und dem Zoo könnte mir etwas von dem Juan-les-Pins jenes Sommers vermitteln, wo ich mich, ohne es zu wissen, auf Ingrids und Rigauds Spuren befand. Auch wir gingen unterhalb des Casinos baden. Und von dort sahen wir im Morgengrauen die riesige Fassade des Provençal sich abzeichnen. Wir wohnten nicht in diesem Hotel, sondern in einem anderen, bescheideneren, in einer sehr lauten Straße.
Wir lebten nur nachts. Ich bewahre keinerlei Erinnerung an Juan-les-Pins am Tag. Außer im flüchtigen Augenblick des Sonnenaufgangs. Die Gesichter um uns herum waren so zahlreich, daß sie sich vermischen, ohne daß ich das von Dodo Marmarosa unterscheiden könnte. Die Bands spielten im Pinienwald, und im selben Sommer habe ich Annette kennengelernt. In jener Zeit war ich, glaube ich, glücklich.

Ich hatte also geplant, alle acht Tage das Hotel zu wechseln und die Hotels in jenen Außenbezirken von Paris zu suchen, in denen ich früher verkehrte. Vom Dodds an der Porte Dorée wollte ich mich ins Hotel Fieve in der Avenue Simon-Bolivar begeben. Ich sollte heute abend aufbrechen, aber ich habe die Rechnung nicht verlangt. Die Aussicht auf eine Metrofahrt von der Porte Dorée zu den Buttes-Chaumont hat mir, der ich so viele Kilometer zwischen den verschiedenen Kontinenten zurückgelegt hatte, Angst gemacht. Nach acht Tagen Porte Dorée habe ich befürchtet, mich dort drüben fremd zu fühlen. Vielleicht werde ich morgen früh den Mut haben aufzubrechen. Aber mir war wirklich bange vor einer Ankunft in der Avenue Simon-Bolivar bei Einbruch der Dunkelheit und vor einem allzu jähen Bruch mit den Gewohnheiten, die ich hier, an der Porte Dorée, angenommen hatte.

So habe ich wie an den Tagen zuvor in dem Café am Boulevard Soult zu Abend gegessen. Bevor ich ins Hotel zurückkehrte, bin ich an der Zoomauer entlanggegangen bis zu der Pinie.

Ich habe das Fenster weit offen gelassen, das Licht gelöscht und mich aufs Bett gelegt, die Arme unter dem Kopf verschränkt. Ich habe dieses Zimmer liebgewonnen, und deswegen zögere ich wegzugehen. Aber ich fasse eine andere Lösung ins Auge: jeden Tag einen Ausflug in einen anderen Außenbezirk zu machen. Und dann hierher zurückzukehren. Notfalls hin und wieder woanders zu schlafen, mit meinen Aufzeichnungen über Ingrids Leben als ganzem Gepäck. Eine Nacht im Fieve, in der Avenue Simon-Bolivar. Eine Nacht im Hotel Gouin bei der Porte de Clichy ... Doch in dem Wissen, daß das Dodds mein fester Wohnsitz bleibt und dieses Viertel um die Porte Dorée nunmehr mein Stützpunkt ist. Ich müßte mein Zimmer für mehrere Wochen im voraus bezahlen. So würde ich den Besitzer des Dodds beruhigen, der mir wohl mißtraut – ich ahne es, wenn wir uns im Hausflur begegnen –, denn ich sehe nicht aus wie ein gewöhnlicher Tourist.

Ja, ab und zu eine Nacht in einem anderen Viertel verbringen, um von dem zu träumen, das man verlassen hat. Im Hotel Fieve, beispielsweise, werde ich mich in meinem Zimmer aufs Bett legen, wie jetzt, und glauben, von weitem das Trompeten der Elefanten im Zoo zu hören. An all diesen Orten wird niemand mich je finden können.

Ich habe mich geirrt. Gestern am frühen Nachmittag hatte ich beschlossen, das ehemalige Kolonialmuseum zu besuchen. Wenn man aus dem Hotel kommt, braucht man nur den Platz mit dem Springbrunnen zu überqueren, und man gelangt vor das niedrige schmiedeeiserne Tor, die Stufen und die monumentale Freitreppe des Museums. In dem Augenblick, als ich am Schalter die Eintrittskarte kaufte, habe ich, verloren in der Haupthalle, inmitten von Touristen und den Kindern einer Ferienkolonie die Silhouette Ben Smidanes zu erkennen geglaubt. Ich habe, indem ich mich durch die Besuchergruppen schlängelte, schleunigst die Halle durchquert und bin in einen großen Eckraum gekommen, wo man das Arbeitszimmer von Maréchal Lyautey bewundern konnte. Jemand hat mir von hinten die Hand auf die Schulter gelegt.

»Na, Jean, machen wir Museumsbesuche?«

Ich habe mich umgedreht. Ben Smidane. Er lächelte mich an, mit einem verlegenen Lächeln. Er trug einen sehr eleganten beigefarbenen Sommeranzug und ein himmelblaues Polohemd.

»Was für ein eigenartiger Zufall«, habe ich in weltläufigem Ton gesagt. »Ich dachte nicht, daß ich Sie hier treffen würde.«

»Ich auch nicht. Ich glaubte, Sie seien nach Rio de Janeiro geflogen.«

»Nein, stellen Sie sich vor.«

Ich hatte seit zehn Tagen mit niemandem geredet und mich erheblich anstrengen müssen, um diesen einzigen Satz auszusprechen. Ich fragte mich, ob es mir gelänge, noch einen auszusprechen. Der Speichel trocknete in meinem Mund.

»Ich wußte schon, daß Sie nicht in Rio sind.«

Er wollte mir sichtlich die Befangenheit nehmen, und ich war ihm dankbar dafür. Es erübrigte sich, lange Erklärungen abzugeben. Ich habe mich konzentriert und konnte hervorbringen:

»Man bekommt alles einmal satt, selbst Rio.«

»Ich verstehe«, sagte Ben Smidane.

Doch ich erriet, daß er überhaupt nichts verstand.

»Jean, ich muß mit Ihnen sprechen.«

Andeutungsweise nahm er mich am Arm, um mich sanft mit sich fortzuziehen, so als mißtraue er meinen Reaktionen.

»Sie scheinen sich nicht sehr sicher zu fühlen, Ben. Haben Sie Angst, daß ich mich in Lyauteys Arbeitszimmer schlecht benehme?«

»Keineswegs, Jean ...«

Er blickte um sich und dann wieder auf mich. Man hätte glauben können, er schätze die schnellste Möglichkeit ab, mich inmitten der Besucherflut zu umklammern, wenn ich einen Tobsuchtsanfall bekäme.

»Gefällt es Ihnen im Hotel Dodds?«

Er hatte mir zugezwinkert. Zweifellos wollte er mich gewinnen. Aber woher wußte er, daß ich im Dodds wohnte?

»Kommen Sie, Jean. Wir müssen unbedingt miteinander reden.«

Wir standen wieder auf dem Platz mit dem Springbrunnen.

»Trinken wir etwas?« habe ich ihn gefragt. »In der Cafeteria des Zoos?«

»Besuchen Sie den Zoo?«

Ich las seine Gedanken. Für ihn war ich nicht in meinem normalen Zustand.

Die Sonne brannte heiß, und ich hatte nicht mehr den Mut, bis zum Zoo zu gehen.

»Ich kenne ein Café in der Nähe, an der Ecke des Boulevards. Dort ist nie jemand, und es ist sehr, sehr kühl ...«

Wir waren die einzigen Gäste. Er hat einen Espresso bestellt. Ich auch.

»Ich komme im Auftrag von Annette«, hat er gesagt.
»Ach ja? Wie geht es ihr?«
Ich hatte Gleichgültigkeit vorgetäuscht.
»Sie werden sich fragen, auf welchem Wege es mir gelungen ist, Sie zu finden. Hier.«
Er reichte mir ein zerknittertes Stück Papier, auf dem ich las:
Hotel Gouin? Hotel de la Jonquière? Quietud's (Rue Berzélius).
Hotel Fieve.
Hotel du Point du Jour.
Hotel Dodds? Hotel des Bégonias (Rue de Picpus).
»Das haben Sie in Ihrem Büro in der Cité Véron vergessen. Annette hat es neulich abends gefunden. Sie hat sofort begriffen.«
Ich hatte tatsächlich vor meinem falschen Abflug nach Rio diese Namen hingekritzelt.
»Und Sie haben mich auf Anhieb entdeckt?«
»Nein. Vier Tage lang habe ich mich bei den anderen Hotels herumgetrieben.«
»Es tut mir leid für Sie.«
»Annette hat mir gesagt, sie kenne all diese Hotels.«
»Ja. Vor zwanzig Jahren haben wir dort häufig verkehrt.«
»Sie hat mich beauftragt, Ihnen dies auszuhändigen.«
Auf dem Umschlag stand: FÜR JEAN, und ich habe eine der Eigenschaften wiedergefunden, die ich an meiner Frau am meisten bewunderte: die große und schöne Schrift einer Analphabetin.

Liebling,
ich sehne mich nach Dir. Cavanaugh weicht mir nicht von der Ferse, und ich bin genötigt, Dir diesen Brief heimlich zu schicken. Du kannst Smidane vertrauen und ihm eine Nachricht für mich mitgeben. Ich möchte Dich sehen. Ich werde versuchen, jeden Tag um sieben Uhr in der Cité Véron zu sein. Ruf mich an. Sonst rufe ich Dich an, wenn ich weiß, in welchem Hotel Du bist. Ich könnte Dich dort treffen, wie wir es vor langer Zeit gemacht haben. Ich werde es vor Cavanaugh verheimlichen. Ich sage niemandem, daß du noch am Leben bist.
Ich liebe Dich, mein Liebling. Annette

Ich habe den Brief in meine Tasche gesteckt.
»Haben Sie eine Nachricht für sie?« hat Smidane ängstlich gefragt.
»Nein.«
Ben Smidanes Stirn runzelte sich mit einem eifrigen und kindlichen Ausdruck.
»Jean, Ihre Haltung verwirrt mich.«
Er schien begierig zu verstehen und so nachsichtig mir gegenüber – ich war schließlich der Ältere –, daß es mich gerührt hat.
»Es ist sehr einfach. Ich verspüre einen gewissen Überdruß, was mein Leben und meinen Beruf betrifft.«
Er hing an meinen Lippen und schüttelte ernst den Kopf.
»Sie sind noch zu jung, Ben, um diese Empfindungen zu haben. Man beginnt mit Enthusiasmus und Abenteuergeist, und nach ein paar Jahren wird es ein Beruf

und Routine ... Aber ich will Sie nicht entmutigen. Ich bin wirklich der letzte, der Ratschläge erteilen kann.«

»Sie können sich nicht vorstellen, Jean ... Wir haben geglaubt, Sie seien endgültig verschwunden ...«

Er zögerte ein paar Sekunden, bevor er hinzufügte:

»Sie seien tot ...«

»Na und?«

Er starrte mich bestürzt an.

»Sie wissen nicht, wie sehr Annette Sie liebt ... Sobald sie den Zettel mit den Namen der Hotels fand, hat sie wieder Lebenslust bekommen ...«

»Und Cavanaugh?«

»Sie hat mir auch nahegelegt, Ihnen zu sagen, daß Cavanaugh für sie nie gezählt hat.«

Ich verspürte einen plötzlichen Ekel, mein Privatleben erwähnt zu sehen, und eine Verlegenheit gegenüber Ben Smidane, weil er darin verwickelt war.

»In Ihrem Alter müssen Sie vor allem an sich und Ihre Zukunft denken, Ben.«

Er schien erstaunt, daß ich mich unter solchen Umständen für ihn interessierte. Doch ich hätte mir gewünscht, daß er mir von der Expedition im Indischen Ozean erzählt, die er vorbereitete in der Absicht, das Wrack einer holländischen Galeone zu suchen, und daß er mich an seinen Träumen und Illusionen teilnehmen läßt.

»Und Sie?« hat er gefragt. »Haben Sie vor, lange hier zu bleiben?«

Er zeigte mit einer bedauernden Geste auf den Boulevard Soult hinter der Glasscheibe des Cafés:

»Darf ich Annette also sagen, daß sie Sie besuchen soll?«

»Sagen Sie ihr, sie möge nicht sofort kommen ... Sie würde mich nicht finden ... Man soll nichts überstürzen.«

Erneut runzelte er die Stirn mit der gleichen eifrigen Art wie vorher. Er versuchte zu begreifen. Er wollte mich nicht verärgern.

»Sie möge mir ab und zu eine telefonische Nachricht oder ein paar Zeilen zukommen lassen. Das wird für den Augenblick genügen. Eine bloße Nachricht ... Oder einen Brief ... Hier, ins Hotel Dodds ... oder ins Hotel Fieve ... Oder in die anderen Hotels, die auf der Liste stehen ... Sie kennt sie alle ...«

»Ich werde es ihr sagen ...«

»Und Sie, Ben, zögern Sie nicht, mich aufzusuchen, um mir von Ihren Plänen zu erzählen, denn Sie sind außer Annette der einzige, der weiß, daß ich noch am Leben bin ... Doch das soll unter uns bleiben.«

Ben Smidane hat sich in Richtung Avenue Daumesnil entfernt, und ich habe ein Phänomen bemerkt, das bei einem Mann selten vorkommt: mehrere Frauen haben sich nach ihm umgedreht.

Ich war wieder allein. Natürlich rechnete ich damit, binnen kurzem eine Nachricht von Annette zu erhalten. Doch ich hatte die Gewißheit, daß sie nicht unverhofft kommen würde. Sie kannte mich zu gut. Seit zwanzig Jahren ging sie bei mir in die Schule und hatte die Kunst gelernt, sich zu verstecken, lästigen Begegnungen auszuweichen oder Leute sitzenzulassen: Wandschränke, in denen man sich in der Not verbirgt, Fenster, aus denen man springt, Dienstbotenaufgänge oder Notausgänge, die man überstürzt benutzt, Rolltreppen, die man in entgegengesetzter Richtung hinunterrennt ... Und all diese Fernreisen, die ich nicht unternommen hatte, um eine Neugier zu befriedigen oder einer Berufung zum Forschungsreisenden zu folgen, sondern um zu fliehen. Mein Leben war nichts als eine Flucht gewesen. Annette wußte, daß sie nichts überstürzen durfte: beim geringsten Anzeichen einer Gefahr drohte ich zu verschwinden – und diesmal endgültig.

Aber ich wäre gerührt, ab und zu eine Nachricht von ihr zu erhalten, an all den Orten, wo wir früher gelebt hatten und an die ich heute zurückkehre. Sie haben sich nicht sehr verändert. Warum habe ich mit etwa achtzehn Jahren das Zentrum von Paris verlassen und mich wieder in diese Außenbezirke begeben? Ich fühlte mich wohl in diesen Vierteln, dort konnte ich atmen. Sie waren eine Zuflucht, fern vom Getriebe des Zentrums, und ein Sprungbrett ins Abenteuer und ins Unbekannte. Man brauchte nur einen Platz zu überqueren und einer Avenue zu folgen, und man hatte Paris hinter sich. Es war mir eine Wonne, mich am Rand der Stadt zu fühlen mit all den Fluchtlinien ... Nachts, wenn an dem Platz der Porte de Champerret die Straßenlampen aufleuchteten, winkte mir die Zukunft.

Das versuchte ich, Annette zu erklären, die sich wunderte, daß ich so weit weg wohnen wollte. Schließlich hatte sie verstanden. Oder sie hatte so getan als ob.

Wir hatten in mehreren Hotels an den Toren von Paris gelebt. Ich verbrachte meine Tage mit ungewissen Geschäften, mit dem Ankauf und Verkauf alter Bücher, doch sie verdiente das meiste Geld: zweitausend Francs Monatsgehalt als Mannequin bei L., einem illustren Modesalon in der Rue du Faubourg-Saint-Honoré. Ihre Kolleginnen waren alle fünfzehn Jahre älter als sie und verziehen es ihr nicht.

Ich erinnere mich, daß der Raum der Mannequins ans Ende eines Hinterhofs verbannt war. Oft hatte Annette den ganzen Tag »Bereitschaftsdienst«, falls eine Kundin käme, ein Kleid auszuwählen. Und sie mußte den Fußangeln, den Krallen und Pfennigabsätzen der anderen Mannequins ausweichen, denn immer war sie es, die bei den Modeschauen das Brautkleid trug.

Wir hatten einige Wochen im Hotel Dodds gewohnt, doch seither habe ich die Nummer unseres Zimmers vergessen. War es das, in dem ich heute wohne? Meine Lage hat sich jedenfalls nicht verändert: ich liege auf dem Bett, die Arme im Nacken verschränkt, und betrachte die Zimmerdecke. So wartete ich abends auf sie, wenn sie im Modesalon »Bereitschaftsdienst« hatte. Wir gingen ins Restaurant und dann ins Kino. Und ich kann nicht umhin – unverbesserlicher Protokollant, der ich bin –, eine ungefähre Liste der Orte aufzustellen, die wir häufig besuchten:

ORNANO 43
Chalet Édouard
Brunin-Variétés
Chez Josette de Nice

Delta
La Carlingue
Danube Palace
Petit Fantasio
Restaurant Coquet
Cinéma Montcalm
Haloppé

Vorhin, als ich ins Hotel zurückkehrte, habe ich das Gefühl gehabt, in einem Traum zu sein. Ich würde in der Cité Véron aufwachen. Annette würde noch schlafen. Ich wäre ins wirkliche Leben zurückgekehrt. Ich würde mich plötzlich erinnern, daß wir mit Cavanaugh, Wetzel und Ben Smidane zu Abend essen sollten. Annette würde auch aufwachen und, da sie fände, ich sähe sonderbar aus, mich fragen: »Hast du einen Alptraum gehabt?« Ich würde ihr alles erzählen: von der falschen Abreise nach Rio, dem Hin- und Rückflug Mailand-Paris, meinem Besuch in der Wohnung, als wäre ich nur noch ein Gespenst, meiner Überraschung, daß sie sich mit Ben Smidane im Zimmer eingeschlossen hatte, den langen Nachmittagen, die ich im Zoo und um die Porte Dorée herum verbracht hatte, während ich damit liebäugelte, in die anderen Außenbezirke weiterzuziehen, die wir vor zwanzig Jahren kennengelernt hatten, sie und ich. Und dort für immer zu bleiben. Annette würde sagen: »Du hast komische Träume, Jeannot ...«
Ich habe mich in den Arm gekniffen. Ich habe den Kopf geschüttelt. Ich habe die Augen aufgerissen. Doch ich konnte nicht aufwachen. Ich verharrte reglos

auf diesem Platz, betrachtete das Wasser des Brunnens und die Touristengruppen, die das ehemalige Kolonialmuseum betraten. Ich wollte bis zu dem großen Café der Avenue Daumesnil gehen, mich auf die Terrasse setzen, mit den Leuten neben mir reden, um dieses Gefühl der Unwirklichkeit zu vertreiben. Doch das würde mein Unbehagen noch steigern: wenn ich mit Unbekannten ein Gespräch anknüpfte, würden sie mir in einer anderen Sprache als der meinen antworten. Da gedachte ich, als letzte Rettung, von meinem Zimmer im Hotel Dodds aus Annette anzurufen. Nein. Von diesem Zimmer aus, das wir vor zwanzig Jahren vielleicht bewohnt hatten, würde ich sie nicht erreichen können, die Verbindung wäre gestört durch all diese übereinandergehäuften Jahre. Besser ich bat an der Theke des ersten Cafés um eine Telefonmünze und wählte in der Kabine die Nummer. Ich habe darauf verzichtet. Auch dort wäre meine Stimme so weit weg, daß sie sie nicht hören würde.

Ich bin ins Hotel zurückgekehrt. Ich hoffte, dort eine Nachricht von Annette zu finden, aber es gab keine. Da habe ich mir gesagt, daß sie mich anrufen würde und daß allein dieses Telefonläuten in meinem Zimmer meinen Traum unterbrechen könne. Ich habe auf dem Bett gewartet. Schließlich bin ich eingeschlafen und habe wirklich geträumt: Eine Sommernacht, sehr heiß. Ich saß in einem Kabriolett. Ich spürte die Gegenwart des Fahrers, aber ich konnte sein Gesicht nicht erkennen. Wir fuhren vom Zentrum von Paris in das Viertel um die Porte d'Italie. Zeitweise war es hell, wir saßen nicht mehr im Auto und gingen durch kleine

Straßen, die den Straßen Venedigs oder Amsterdams glichen. Wir überquerten eine hügelige Wiese im Innern der Stadt. Wieder Nacht. Das Auto folgte langsam einer ausgestorbenen und schlecht erleuchteten Avenue in der Nähe der Gare d'Austerlitz. Der Name »Gare d'Austerlitz« war eines jener Worte, die einen im Schlaf begleiten und deren Klang und Geheimnis sich morgens, wenn man erwacht, verflüchtigen. Wir kamen schließlich auf einen sanft abfallenden Ringboulevard, wo ich Palmen und Pinien bemerkte. Einige Lichter in den Fenstern der großen Mietshäuser. Dann im Halbdunkel liegende Bereiche. Die Mietshäuser weichen Lagerhallen und der Mauer eines Stadions ... Wir bogen in eine Straße ein, die von einem Zaun und Blattwerk gesäumt war, dahinter sich ein Bahndamm verbarg. Und auf dem Zaun klebten noch die Plakate der Kinos des Viertels. Wir waren so lange nicht mehr in diese Gegend gekommen ...

Während einiger Tage habe ich auf eine Nachricht von Annette gelauert. Vergeblich. Ich verließ so wenig wie möglich mein Zimmer. Eines Abends gegen sieben Uhr habe ich nicht mehr das Bedürfnis verspürt zu warten. Ihr Schweigen beunruhigte mich nicht mehr. Vielleicht wollte sie, daß ich den ersten Schritt tue, doch das war unwahrscheinlich, so gut kannte sie mich.

Ich bin die Hoteltreppe hinuntergegangen und fühlte mich erleichtert. Ich ging zur Brasserie in der Avenue Daumesnil, wo ich beschlossen hatte, zu Abend zu essen, um ein bißchen meine Gewohnheiten zu ändern. Ich habe angefangen, an Rigaud zu denken. Ich wußte von vornherein, daß er auch am nächsten Tag und die anderen Tage nicht aufhören würde, mich zu beschäftigen. Wenn er am Leben und in Paris war, brauchte ich nur die Metro zu nehmen und ihn zu besuchen oder sogar nur auf einer Telefonwählscheibe acht Nummern zu wählen, um seine Stimme zu hören. Aber ich glaubte nicht, daß es so einfach sein würde.

Nach dem Essen habe ich in der Telefonkabine der Brasserie im Telefonbuch von Paris nachgeschlagen. Es war acht Jahre alt. Ich habe mit größerer Aufmerksamkeit als beim ersten Mal die lange Liste der Rigaud durchgelesen. Ich bin bei einem Rigaud stehengeblieben, dessen Vorname nicht genannt war. Boulevard Soult Nr. 20. 307-75-28. In jenem Jahr hatten die Telefonnummern noch sieben Ziffern. 307, das war die frühere Vorwahl DORIAN. Ich habe die Adresse und die Nummer aufgeschrieben.

Von allen anderen Rigaud, die auf den Seiten des Telefonbuchs standen, schien mir nicht einer der richtige zu sein, wegen der Berufe oder der Adresse in Paris oder wegen der bloßen Eintragung: Monsieur und Madame Rigaud. Was mir aufgefallen war, das war das Fehlen des Vornamens und die Adresse am Boulevard Soult.

Ich habe die Brasserie verlassen in der Absicht, bis zum Boulevard Soult Nr. 20 zu gehen. Die Sonne war verschwunden, und der Himmel war noch blau. Ich würde den Augenblick nutzen, bevor die Straßenlampen angingen, jenen Augenblick des Tages, der mir der

liebste ist. Nicht mehr ganz Tag. Noch nicht Nacht. Ein Gefühl von Ruhe und Frieden überkommt mich, und es ist der Augenblick, auf die von weither kommenden Echos zu horchen.
Boulevard Soult Nr. 20 war ein Komplex hintereinander stehender Häuser, zu denen man über einen seitlichen Zugangsweg gelangte. Ich hatte befürchtet, daß der Name Rigaud der eines Geschäfts sein könnte, doch ich sah keines unter dieser Adresse. Die Fenster des Vorderhauses waren noch nicht erleuchtet. Ich zögerte, den seitlichen Zugangsweg zu betreten, aus Angst, ein Mieter könnte mich fragen, was ich da tue. Ich konnte natürlich immer sagen: »Ich suche Monsieur Rigaud.«
Ich habe mich damit begnügt, mich in Höhe der Nr. 20 auf eine Bank zu setzen. Die Straßenlampen gingen an. Ich ließ die Fassade des Hauses und den seitlichen Zugang nicht aus den Augen. Im ersten Stock war jetzt ein einzelnes Fenster erleuchtet, die Fensterflügel geöffnet wegen der Hitze. Jemand wohnte in dieser kleinen Wohnung, die ich mir aus zwei leeren Zimmern bestehend vorstellte. Rigaud?
Ich habe an all die Reiseberichte gedacht, von denen ich mich als Jugendlicher hatte blenden lassen, und insbesondere an jenen, den ein Engländer geschrieben hatte: er berichtete darin von den Luftspiegelungen, deren Opfer er auf seinen Durchquerungen der Wüste geworden war. Ein Foto auf dem Bucheinband zeigte ihn in Beduinentracht, umringt von einer Gruppe Kinder in einer Oase. Ich mußte lachen. Warum so weit gehen, wenn man die gleiche Erfahrung auch in Paris

auf einer Bank des Boulevard Soult machen kann? Diese beiden erleuchteten Fenster, hinter denen ich mir einbildete, Rigaud zu sehen, war das nicht eine ebenso starke Luftspiegelung wie jene, die einen mitten in der Wüste täuscht?

Am nächsten Morgen um zehn Uhr bin ich wieder zum Boulevard Soult Nr. 20 gegangen. Ich bin durch die Eingangstür des Vorderhauses getreten. Links an der Türklinke der Hausmeisterloge hing ein kleines Schild. Darauf stand: »Bitte wenden Sie sich an die Tankstelle, Boulevard Soult Nr. 16.«
Vor der Zapfsäule unterhielten sich zwei Männer, der eine im blauen Overall, der andere in weißem Hemd und grauer Hose, der erste kabylisch aussehend, der andere mit zurückgekämmtem weißem Haar, blauen Augen und rötlichem Teint. Er wirkte wie siebzig und der Kabyle zwanzig Jahre jünger.
»Womit kann ich dienen?«
Der Kabyle im blauen Overall hatte mir die Frage gestellt.
»Ich suche den Hausmeister von Nummer 20.«
»Das bin ich.«
Der Mann mit dem weißen Haar grüßte mit einem ganz kurzen Kopfnicken, die Zigarette im Mundwinkel.
»Ich wollte nur eine Auskunft ... Einen Monsieur Rigaud betreffend ...«
Er überlegte einen Augenblick.
»Rigaud? Was wollen Sie denn von ihm?«

Er hielt die Zigarette zwischen den Fingern, den Arm angewinkelt.

»Ich möchte ihn sehen.«

Sein unverwandter Blick machte mich unsicher. Auch der Kabyle betrachtete mich neugierig.

»Aber er wohnt schon eine Ewigkeit nicht mehr hier...«

Er bedachte mich mit einem nachsichtigen Lächeln, als hätte er einen Schwachsinnigen vor sich.

»Die Wohnung ist seit mindestens dreißig Jahren unbewohnt ... Ich weiß nicht einmal, ob es diesen Monsieur Rigaud noch gibt ...«

Der Kabyle im blauen Overall schien dem Schicksal Rigauds gegenüber vollkommen gleichgültig. Es sei denn, er tat aus Takt so, als höre er unserem Gespräch nicht zu.

»Im übrigen ist es mir lieber, wenn ich nichts weiß ... Ich habe das Gefühl, die Wohnung gehört mir ... Ich habe den Schlüssel und ich mache auch sauber ...«

»Haben Sie diesen Monsieur Rigaud gekannt?« fragte ich mit klopfendem Herzen.

»Ja ... Wissen Sie, seit wann ich hier Hausmeister bin?«

Er streckte leicht die Brust heraus, während er uns, den Kabylen und mich, nacheinander musterte.

»Sagen Sie eine Zahl ...«

Der andere zuckte die Achseln. Ich blieb stumm.

Er kam näher und bedrängte mich fast.

»Für wie alt halten Sie mich?«

Er streckte immer noch die Brust heraus und sah mir in die Augen.

»Sagen Sie eine Zahl ...«
»Sechzig.«
»Ich bin fünfundsiebzig, Monsieur.«
Nach dieser Enthüllung rückte er von uns ab, wie um die hervorgerufene Wirkung zu prüfen. Doch der Kabyle blieb unbewegt. Ich bemühte mich zu sagen:
»Sie sehen wirklich viel jünger aus ... Und diesen Rigaud, wann haben Sie ihn gekannt?«
»1942«
»Wohnte er allein hier?«
»Nein. Mit einem jungen Mädchen.«
»Ich würde gern die Wohnung besichtigen.«
»Sind Sie daran interessiert?«
»Das ist wirklich ein Zufall. Ich glaubte, ein Monsieur Rigaud würde hier eine Wohnung vermieten ... Ich habe wohl den Namen und die Adresse in der Zeitungsannonce nicht richtig gelesen.«
»Wollen Sie hier im Viertel eine Wohnung mieten?«
»Ja.«
»Und Sie wären an Rigauds Wohnung interessiert?«
»Warum nicht?«
»Würden Sie sie bis Februar mieten? Ich kann sie Ihnen nicht für eine kürzere Zeit überlassen ... Ich vermiete sie immer für mindestens sechs Monate ...«
»Also bis Februar.«
»Sind Sie damit einverstanden, mich auf die Hand zu bezahlen?«
»Einverstanden.«
Der Kabyle im blauen Overall hatte mir eine Schachtel Zigaretten hingehalten, bevor er sich eine ansteckte.

Er folgte zerstreut dem Gespräch. Vielleicht war er seit langem an solche Diskussionen über die Miete für Rigauds Wohnung gewöhnt.
»Ich will natürlich Bargeld ... Wieviel wären Sie bereit zu zahlen?«
»Was Sie wollen«, habe ich gesagt.
Er kniff die blauen Augen zusammen. Seine Hände zerrten an den Revers des Hemdkragens:
»Sagen Sie eine Zahl ...«

Die Wohnung lag im zweiten Stock des Vorderhauses, und ihre Fenster gingen auf den Boulevard Soult hinaus. Durch einen Flur gelangte man in die Küche, wo in einer Ecke eine Dusche eingebaut worden war, dann in ein kleines leeres Zimmer, dessen eiserne Fensterläden geschlossen waren, schließlich in das, was man das hintere Zimmer nennen konnte und was recht geräumig war, möbliert mit zwei nebeneinanderstehenden Messingehebetten. An der Wand gegenüber ein Spiegelschrank.
Der Hausmeister hat die Eingangstür wieder zugemacht, und ich war allein. Er hatte mir versprochen, später wiederzukommen und mir eine Petroleumlampe zu bringen, denn der Strom war schon lange abgestellt. Das Telefon auch. Aber er würde beides binnen kurzem wieder anschließen lassen.
Die Hitze war erstickend, und ich habe das Fenster geöffnet. Der Verkehrslärm vom Boulevard und die Sonnenstrahlen, die das Zimmer erhellten, haben die Wohnung in die Gegenwart versetzt. Ich habe mich

auf das Fensterbrett gestützt. Unten blieben die Autos und die Lastwagen an der Ampel stehen. Ein anderer Boulevard Soult als der, den Rigaud und Ingrid gekannt hatten, und doch der gleiche an Sommerabenden oder Sonntagen, wenn er wie ausgestorben dalag. Aber ja, ich hatte die Gewißheit, daß sie einige Zeit dort gelebt hatten, vor ihrer Abreise nach Juan-les-Pins. Ingrid hatte beim letzten Mal, als ich sie allein in Paris gesehen hatte, darauf angespielt. Wir sprachen über diese Außenbezirke, wo ich mich damals gern aufhielt – ich glaube, sie hatte mich gefragt, wo ich wohne –, und sie hatte mir gesagt, daß auch sie sie gut kenne, denn sie habe mit ihrem Vater da gewohnt, in der Rue de l'Atlas, in der Nähe der Buttes-Chaumont. Und sogar mit Rigaud, in einer kleinen Wohnung. Sie hatte sich in der Adresse geirrt. Sie hatte Boulevard Davout gesagt statt Boulevard Soult.

Ich habe nacheinander die Schranktüren aufgemacht, aber im Innern hingen nur noch Kleiderbügel. Die Sonne, die sich in den Spiegeln reflektierte, ließ mich blinzeln. Nichts an den Wänden, deren beige Farbe stellenweise abblätterte, außer einer Spur über den Betten, die verriet, daß dort ein Bild oder ein Spiegel gehangen hatte. Zu beiden Seiten der Betten ein Nachttisch aus hellem Holz mit einer Marmorplatte darauf, wie in einem Hotelzimmer. Die Vorhänge waren weinrot.

Ich wollte die Schublade von einem der Nachttische öffnen, doch sie widersetzte sich. Es ist mir gelungen, das Schloß mit dem Schlüssel meiner Wohnung in der Cité Véron aufzubrechen. In der Schublade ein alter brauner Umschlag. Der Stempel trug den Vermerk: französischer Staat. Die Adresse war mit blauer Tinte geschrieben: Monsieur Rigaud, 3, Rue de Tilsitt, Paris 8, doch diese war durchgestrichen, und man hatte mit schwarzer Tinte hinzugefügt: 20, Boulevard Soult, Paris 12. Der Umschlag enthielt ein maschinengeschriebenes Blatt.

18. Januar 1942

MITTEILUNG AN DIE MIETER

Das gegenwärtig als Renditeobjekt genutzte Privathaus an der Place de l'Étoile, Eingang 3, Rue de Tilsitt, wird demnächst öffentlich versteigert.
Für weitere Informationen werden die Mieter gebeten, sich an Maître Giry, Anwalt, 78, Boulevard Malesherbes und an die Domänenverwaltung, 9, Rue de la Banque, Paris, zu wenden.

Wieder hatte ich den Eindruck, in einem Traum zu sein. Ich betastete den Umschlag, ich las noch einmal die Adresse, ich starrte eine ganze Weile auf den Namen Rigaud, dessen Buchstaben dieselben blieben. Dann ging ich zum Fenster, um nachzusehen, ob die Autos immer noch den Boulevard Soult entlang fuhren, die Autos von heute den Boulevard Soult von heute. Mich verlangte danach, Annette anzurufen, um ihre Stimme zu hören. Als ich den Hörer abnahm, habe ich mich erinnert, daß das Telefon abgestellt war.
Die Ehebetten waren beide mit der schottisch karier-

ten Wolldecke zugedeckt. Ich habe mich dem Fenster gegenüber ans Fußende eines Betts gesetzt. Ich hielt den Umschlag in der Hand. Ja, das war es, was Ingrid mir erzählt hatte. Doch oft träumt man von Orten und Situationen, von denen jemand gesprochen hat, und es kommen andere Einzelheiten hinzu. So dieser Umschlag. Hatte er in der Realität existiert? Oder war es nur ein Gegenstand, der zu meinem Traum gehörte? Auf jeden Fall war die Rue de Tilsitt Nr. 3 der Wohnsitz von Rigauds Mutter und der Ort, wo Rigaud zu dem Zeitpunkt wohnte, als er Ingrid kennenlernte: sie hatte mir von ihrer Überraschung erzählt, als Rigaud sie in diese Wohnung führte, wo er allein lebte, noch für einige Wochen, und von dem Gefühl der Sicherheit, das ihr die alten Möbel, die Teppiche, die die Schritte dämpften, die Bilder, die Kronleuchter, die Holztäfelung, die Vorhänge aus Seide und der Wintergarten verliehen hatten ...

Wegen der Sperrstunde hatten sie im Salon kein Licht gemacht. Sie waren eine Weile vor einer der Fenstertüren stehengeblieben und hatten den großen Fleck des Arc de Triomphe, der dunkler war als die Nacht, und den Platz, der durch den Schnee phosphoreszierte, betrachtet.

»Waren Sie eingeschlafen?«

Er hatte das Zimmer betreten, ohne daß ich ihn kommen gehört hätte, eine Petroleumlampe in der Hand. Die Nacht war hereingebrochen, und ich lag auf dem Bett.

Er hat die Lampe auf den Nachttisch gestellt.
»Beziehen Sie die Wohnung sofort?«
»Ich weiß noch nicht.«
»Ich gebe Ihnen Bettwäsche, wenn Sie wollen.«
Die Lampe warf Schatten auf die Wände, und wenn ich allein gewesen wäre, hätte ich glauben können, mein Traum gehe weiter. Doch die Gegenwart dieses Mannes kam mir sehr wirklich vor. Und seine Stimme klang sehr deutlich. Ich stand auf.
»Decken haben Sie schon ...«
Er zeigte auf die karierten Wolldecken, die über die Betten gebreitet waren.
»Haben sie Monsieur Rigaud gehört?« fragte ich.
»Gewiß. Das ist das einzige, was hier geblieben ist außer den Betten und dem Schrank.«
»Er lebte also hier mit einer Frau?«
»Ja. Ich erinnere mich, daß sie hier wohnten, als Paris zum erstenmal bombardiert wurde ... Sie wollten beide nicht in den Keller hinunter ...«
Er stützte sich neben mir aufs Fensterbrett. Der Boulevard Soult war wie ausgestorben, und ein leichter Wind ging.
»Anfang nächster Woche werden Sie Telefon haben ... Zum Glück ist das Wasser nicht abgestellt, und ich habe die Dusche in der Küche reparieren lassen.«
»Halten Sie die Wohnung instand?«
»Ja. Ich vermiete sie ab und zu, um mir ein bißchen Taschengeld zu verdienen.«
Er nahm einen tiefen Zug aus der Zigarette.
»Und wenn Monsieur Rigaud wiederkäme?« habe ich ihn gefragt.

Mit nachdenklicher Miene betrachtete er den Boulevard unten.
»Nach dem Krieg wohnten sie, glaube ich, im Süden ... Sie kamen selten nach Paris ... Und dann muß sie ihn verlassen haben ... Er ist allein geblieben ... Während zehn Jahren sah ich ihn noch ab und zu. Er hielt sich hier auf ... Er holte seine Post ab ... Und dann habe ich ihn nicht mehr gesehen ... Und ich glaube nicht, daß er wiederkommen wird.«
Der ernste Ton, in dem er den letzten Satz gesagt hatte, überraschte mich. Er fixierte einen Punkt drüben auf der anderen Seite des Boulevards.
»Die Leute kommen nicht mehr wieder. Haben Sie das nicht bemerkt, Monsieur?«
»Doch.«
Ich hätte ihn gern gefragt, was er damit meine. Doch ich habe mich anders besonnen.
»Sagen Sie mir noch, ob Sie Bettwäsche brauchen?«
»Ich werde die Nacht noch nicht hier verbringen. Ich habe alle meine Sachen im Hotel Dodds.«
»Wenn Sie morgen jemand suchen für Ihren Umzug, wir sind da, mein Freund von der Tankstelle und ich.«
»Ich habe fast kein Gepäck.«
»Die Dusche funktioniert gut, aber es gibt keine Seife. Ich kann Ihnen gleich eine heraufbringen. Und auch Zahnpasta ...«
»Nein, ich werde noch eine Nacht im Hotel verbringen ...«
»Wie Sie wollen, Monsieur. Ich muß Ihnen den Schlüssel geben.«

Er holte einen kleinen gelben Schlüssel aus der Hosentasche und reichte ihn mir.
»Verlieren Sie ihn nicht.«
War es derselbe Schlüssel, den vor langer Zeit Ingrid und Rigaud benutzten?
»Jetzt werde ich Sie verlassen. Ich mache Dienst in der Tankstelle, um meinem Freund zu helfen. Sie können mich dort erreichen ...«
Er drückte mir mit einer knappen Bewegung die Hand.
»Ich lasse Ihnen die Petroleumlampe da. Sie brauchen mich nicht zu begleiten. Ich finde mich im Dunkeln zurecht.«
Er schloß leise die Zimmertür hinter sich. Ich beugte mich aus dem Fenster. Ich sah ihn aus dem Haus treten und mit langsamen, lautlosen Schritten zur Tankstelle gehen. Ich hatte vorhin bemerkt, daß er Hausschuhe trug. Sein weißes Hemd und seine beigefarbene Hose gaben der Nacht einen Hauch von Seebadatmosphäre.
Er war zu dem Kabylen im blauen Overall zurückgekehrt, und sie hatten sich in der Nähe der Zapfsäule auf Stühle gesetzt. Sie rauchten wohl in aller Ruhe. Auch ich rauchte. Ich hatte die Petroleumlampe gelöscht, und das rot glühende Ende meiner Zigarette reflektierte im Spiegelschrank.
Es würde noch mehr schöne Abende wie diese geben, an denen man Stühle auf den Bürgersteig stellte, um frische Luft zu schöpfen. Ich mußte die Zeit ausnützen, bevor die ersten Blätter fielen.

Es war in der gleichen Jahreszeit, eines Abends Ende Juli, als ich Ingrid zum letztenmal begegnet bin. Ich hatte Cavanaugh zum Busbahnhof Invalides begleitet. Er flog nach Brasilien, wo ich ihn einen Monat später treffen sollte. Wir begannen, den Beruf des Forschungsreisenden auszuüben, und ich hätte nie vorhersehen können, daß ich eines Tages so tun würde, als flöge ich in dieses selbe Land, um mich statt dessen in ein Hotel des zwölften Arrondissements zu flüchten.

Er ist in den Bus nach Orly eingestiegen, und ich war wieder allein, ohne so recht zu wissen, womit ich den Abend ausfüllen sollte. Annette verbrachte ein paar Tage in Kopenhagen bei ihren Eltern. Wir bewohnten damals ein Zimmer in dem großen Haus des Clubs der Forschungsreisenden in Montmartre. Ich hatte keine Lust, sofort dorthin zurückzukehren, denn es war noch hell.

Ich bin aufs Geratewohl durch ein Viertel gegangen, das ich nicht gut kannte. Ich schließe die Augen und versuche, meinen Weg zu rekonstruieren. Ich habe die Esplanade überquert und bin um die Invalides herumgegangen, um in eine Gegend zu kommen, die mir mit dem Abstand der Jahre noch verlassener vorkommt als der Boulevard Soult am letzten Sonntag. Breite schattige Avenuen. Die Strahlen der untergehenden Sonne verweilen auf den Dächern der Gebäude.

Etwa zehn Meter vor mir geht jemand. Sonst ist niemand auf dem Bürgersteig dieser Avenue, die die École Militaire säumt. Deren Mauern verleihen dem Viertel das Aussehen einer sehr fernen und sehr alten Garni-

sonstadt, in der mit zögernden Schritten, als wäre sie betrunken, diese Frauensilhouette sich bewegt...
Ich habe sie schließlich eingeholt und einen verstohlenen Blick auf sie geworfen, als ich in gleicher Höhe war. Ich habe sie sofort wiedererkannt. Es war genau drei Jahre her, daß ich ihnen im Süden zum erstenmal begegnet war, ihr und Rigaud...
Sie hat mir nicht die mindeste Aufmerksamkeit geschenkt. Sie ging weiter, mit abwesendem Blick, unsicheren Schrittes, und ich habe mich gefragt, ob sie wirklich wußte, wohin. Sie hatte sich zweifellos in diesem Viertel verirrt, auf den geradlinigen Avenuen, die sich alle gleichen, und vergeblich einen Anhaltspunkt gesucht, ein Taxi oder eine Metrostation.
Ich habe mich ihr genähert, doch sie hatte meine Anwesenheit noch nicht bemerkt. Wir sind einige Augenblicke nebeneinanderher gegangen, ohne daß ich wagte, sie anzusprechen. Schließlich hat sie den Kopf zu mir gewandt.
»Ich glaube, wir kennen uns«, sagte ich.
Ich habe gespürt, daß sie sich einen Ruck gab. Er mußte von derselben Art sein, wie der, den man sich geben muß, um am Telefon mit deutlicher Stimme zu sprechen, wenn das Läuten einen aus dem Schlaf gerissen hat.
»Wir kennen uns?«
Sie runzelte die Stirn und betrachtete mich mit ihren grauen Augen.
»Sie haben mich auf der Straße nach Saint-Raphaël aufgelesen ... Ich bin getrampt ...«
»Auf der Straße nach Saint-Raphaël ...?«

Es war, als würde sie aus der Tiefe allmählich wieder an die Oberfläche zurückkehren.
»Ach ja ... Ich erinnere mich ...«
»Sie hatten mich in Ihre Villa beim Strand von Pampelonne mitgenommen ...«
Ich hatte den Eindruck, ihr zu helfen, wieder auf den Boden zu kommen. Ein leichtes Lächeln erschien auf ihrem Gesicht.
»Ach ja ... Das ist gar nicht lange her ...«
»Drei Jahre.«
»Drei Jahre ... Ich hätte gedacht, es wäre weniger lange her ...«
Reglos standen wir mitten auf dem Bürgersteig einander gegenüber. Ich suchte nach einem Satz, um sie aufzuhalten. Nach einer Höflichkeitsformel würde sie ihren Weg fortsetzen. Sie hat dann das Schweigen unterbrochen:
»Und Sie bleiben im Juli in Paris? Fahren Sie nicht in Ferien?«
»Nein.«
»Trampen Sie nicht mehr?«
Ein ironischer Ausdruck kam in ihre Augen.
»Wenn Sie hier trampen würden, liefen Sie nicht Gefahr, viele Ansprechpartner zu finden ...«
Sie zeigte auf die Avenue vor uns.
»Das ist die Wüste ...«
Ich war zweifellos der erste Mensch seit mehreren Tagen, an den sie das Wort richtete. Und mit zwanzig Jahren Abstand scheint es mir, als habe sie sich in der gleichen Lage befunden wie ich heute abend am Boulevard Soult.

»Sie könnten mir vielleicht helfen, diese Wüste zu durchqueren«, hat sie gesagt.
Sie lächelte mir zu und ging mit sichererem Schritt als vorher.
»Wie geht es Ihrem Mann?«
Kaum formuliert, kam mir dieser Satz albern vor.
»Er ist auf Reisen ...«
Sie hatte mir mit barschem Ton geantwortet, und ich habe verstanden, daß ich dieses Thema nicht mehr aufgreifen sollte.
»Ich habe den Süden verlassen ... Ich wohne seit ein paar Monaten in diesem Viertel ...«
Sie wandte mir das Gesicht zu, und ich las Unruhe in den grauen Augen. Und dann Freundlichkeit und Neugier mir gegenüber.
»Und Sie? Kennen Sie dieses Viertel?«
»Nicht gut.«
»Dann stehen wir am selben Punkt.«
»Wohnen Sie hier ganz in der Nähe?«
»Ja. In einem großen Bürohaus, im obersten Stock ... Ich habe eine schöne Aussicht, aber es ist zu still in dieser Wohnung ...«
Ich schwieg. Es wurde dunkel.
»Ich halte Sie auf ...«, sagte sie. »Sie haben vielleicht etwas zu tun ...?«
»Nein.«
»Ich würde Sie ja zu mir einladen, aber ich habe nichts zu essen.«
Sie zögerte. Sie runzelte die Stirn.
»Man könnte vielleicht versuchen, ein Café oder ein offenes Restaurant zu finden ...«

Und sie blickte geradeaus auf die verlassene Avenue und die endlosen Reihen der Bäume, deren Laub jetzt nach dem Sonnenuntergang eine dunkle Färbung angenommen hatte.

Viele Jahre später hat Cavanaugh in diesem Viertel eine winzige Wohnung gemietet, und da wohnt er jetzt noch. Heute abend ist er vielleicht mit Annette dort. Es wird heiß sein in den beiden mit afrikanischen und ozeanischen Masken vollgestopften Zimmern, und Annette ist einen Augenblick hinausgegangen, um Luft zu schöpfen. Sie geht die Avenue Duquesne entlang. Es ist nicht unmöglich, daß sie an mich denkt und daß sie sich versucht fühlt, mich an der Porte Dorée aufzusuchen, dort, wo Ingrid und Rigaud zur Zeit der Bombardements gewohnt haben. So bewegen wir uns immer zu verschiedenen Zeitpunkten an denselben Orten, und trotz dem Abstand der Jahre begegnen wir uns schließlich.
Ein Restaurant in der Avenue de Lowendal war geöffnet, etwa hundert Meter von dem Haus entfernt, in dem Cavanaugh wohnen sollte. Seither bin ich oft an diesem Restaurant vorbeigegangen, und obwohl ich wegen Cavanaugh mit dem Viertel vertraut geworden war, hatte ich jedesmal wieder das Gefühl, das ich an jenem Abend mit Ingrid verspürt hatte, das Gefühl, in einer anderen Stadt als Paris zu sein, in einer Stadt aber, deren Namen ich nicht weiß.

»Hier wird es sehr gut sein ...«

Mit einer autoritären Geste, die mich überraschte, wies sie auf einen der Tische. Ich erinnerte mich ihres zögernden Gangs, als ich sie allein vor mir auf dem Bürgersteig gesehen hatte.

Das Restaurant eines Hotels. Eine Gruppe Japaner stand mit dem Gepäck wie versteinert mitten im Korridor der Rezeption und wartete. Die Ausstattung des Speisesaals war auf entschiedene Art modern: schwarz gelackte Wände, Glastische, Lederbänke, Lichtspots an der Decke. Wir saßen einander gegenüber, und hinter der Bank, auf der sie saß, schwammen phosphoreszierende Fische in einem großen Aquarium.

Sie studierte die Karte.

»Sie müssen etwas essen ... Sie müssen Kräfte sammeln in Ihrem Alter ...«

»Sie auch«, sagte ich.

»Nein ... Ich habe keinen Hunger.«

Sie hat für mich eine Vorspeise und ein Hauptgericht bestellt und für sich einen grünen Salat.

»Trinken Sie etwas?« hat sie gefragt.

»Nein.«

»Trinken Sie keinen Alkohol? Darf ich welchen trinken?« Sie warf mir einen ängstlichen Blick zu, als würde ich ihr die Erlaubnis nicht geben.

»Sie dürfen«, sagte ich.

Sie hat zum Kellner hochgeschaut.

»Also ... ein Bier ...«

Man hätte meinen können, sie beschließe plötzlich, etwas Schändliches oder Verbotenes zu tun.

»Das erspart mir, Whisky oder andere Alkoholika zu trinken ... Ich trinke nur ein bißchen Bier ...«
Sie bemühte sich zu lächeln. Ich habe gespürt, daß sie sich vor mir genierte.
»Ich weiß nicht, was Sie davon halten«, sagte sie, »aber ich habe immer gefunden, daß das kein Getränk ist für eine Frau ...«
Diesmal drückte ihr Blick mehr als Ängstlichkeit aus, eine Bedrängnis. Und ich war davon so überrascht, daß ich kein tröstendes Wort finden konnte. Schließlich sagte ich:
»Ich glaube, Sie irren sich ... Ich kenne viele Frauen, die Bier trinken ...«
»Ah ja? Kennen Sie viele?«
Ihr ironisches Lächeln und ihr Blick beruhigten mich: vorhin, als ich sie auf dem Bürgersteig der Avenue entdeckt hatte, fragte ich mich, ob dies wohl dieselbe Person sei wie die an der Côte d'Azur. Nein, sie hatte sich in den drei Jahren nicht wirklich verändert.
»Erzählen Sie mir, was Sie Schönes machen im Leben«, hat sie gesagt.
Man hat ihr den Salat und das Bier serviert. Sie hat ein paar Schlucke getrunken, den Salat aber unberührt gelassen. Ich stellte sie mir allein in ihrer Wohnung vor, mit demselben Teller und demselben Bierglas vor sich, auf dem Grund dieses Schweigens, das ich damals noch nicht kannte und das mir heute so vertraut ist.

Ich habe ihr nicht viel davon erzählt, was ich »Schönes« machte. Kaum eine Anspielung auf meine Berufung zum Forschungsreisenden und meine bevorstehende Abreise nach Brasilien. Auch sie hatte einige Tage in Rio de Janeiro verbracht, wie sie mir anvertraute. Zu der Zeit muß sie so alt gewesen sein wie ich jetzt. Sie wohnte in den Vereinigten Staaten.

Ich habe ihr Fragen gestellt, und ich frage mich immer noch, warum sie mit so vielen Einzelheiten darauf geantwortet hat. Ich habe wohl gespürt, daß sie keineswegs selbstgefällig war und keinerlei besondere Neigung hatte, über sich zu sprechen. Sie hat geahnt, daß es mich interessierte, und, wie sie mir mehrmals gesagt hat, sie wollte nicht, daß es ein verlorener Abend für mich wäre.

Es kommt vor, daß man eines Abends infolge des aufmerksamen Blicks von jemandem das Bedürfnis verspürt, ihm nicht die eigene Erfahrung zu vermitteln, sondern ganz einfach einige dieser disparaten Einzelheiten, die von einem unsichtbaren Faden zusammengehalten werden, einem Faden, der zu reißen droht und den man den Lauf eines Lebens nennt.

Während sie sprach, preßten die Fische hinter ihr ab und zu die Köpfe an die Scheibe des Aquariums. Dann schwammen sie unermüdlich weiter in dem blauen Wasser, das ein kleiner Scheinwerfer erhellte. Man hatte die Deckenspots ausgemacht, um uns zu verstehen zu geben, daß es sehr spät sei und daß wir gehen sollten. Nur noch das Licht des Aquariums war an.

Um ein Uhr morgens war die Stille auf dem Bürgersteig der Avenue so groß, daß man das nächtliche Atmen des Laubs in den Bäumen rascheln hörte. Sie hat meinen Arm genommen:

»Begleiten Sie mich bis zu mir...«

Diesmal suchte sie Halt. Es war nicht mehr wie an jenem Abend, als wir die Rue de la Citadelle hinuntergegangen waren und ich zum erstenmal in meinem Leben das Gefühl gehabt hatte, mich in jemandes Obhut zu befinden. Und doch war nach einigen Schritten wieder sie es, die mich führte.

Wir sind vor einem Gebäude mit großen dunklen Fenstern angelangt. Nur zwei davon, im obersten Stockwerk, waren erleuchtet.

»Ich lasse immer das Licht an«, hat sie gesagt. »Das ist beruhigender.«

Sie lächelte. Sie war entspannt. Vielleicht aber tat sie nur so, als nähme sie die Dinge leicht, um mich zu beruhigen. Dieser Teil der Avenue war nicht mit Bäumen bepflanzt, sondern von Häusern wie dem, in dem sie wohnte, gesäumt mit all den dunklen Fenstern. Wenn ich Cavanaugh zu Hause besuchte, konnte ich nicht umhin, dort vorbeizugehen. Ich war nicht mehr in Paris, und diese Avenue führte nirgendwohin. Oder vielmehr, sie war eine Durchgangszone zum Unbekannten.

»Ich muß Ihnen meine Telefonnummer geben ...« Sie hat in ihrer Handtasche gekramt, doch es war kein Kugelschreiber darin.

»Sie können sie mir sagen ... Ich werde sie behalten ...«

Ich habe die Nummer aufgeschrieben, als ich in mein Zimmer im Haus des Clubs der Forschungsreisenden

in Montmartre zurückgekommen bin. In den folgenden Tagen habe ich mehrmals versucht, sie anzurufen. Niemand meldete sich. Schließlich habe ich gedacht, ich hätte mir nicht die richtige Nummer gemerkt.
Im Haustor – ein Tor aus schwarzem Schmiedeeisen mit einer Milchglasscheibe – hat sie sich umgedreht, und ihre grauen Augen haben mich angeblickt. Sie hat vorsichtig den Arm gehoben und mit den Fingerspitzen meine Schläfe und meine Wange gestreift, als suche sie zum letzten Mal eine Berührung. Dann hat sie den Arm sinken lassen, und das Tor hat sich hinter ihr geschlossen. Dieser plötzlich herabfallende Arm und das metallische Geräusch der sich schließenden Tür ließen mich ahnen, daß im Leben einmal ein Augenblick kommt, da das Herz nicht mehr dabei ist.

Ich habe die Petroleumlampe vom Nachttisch genommen und noch einmal das Innere des Spiegelschranks erforscht. Nichts. Ich habe den an Rigaud, 3, Rue de Tilsitt adressierten Umschlag, den man zum Boulevard Soult Nr. 20 nachgeschickt hatte, in meine Tasche gesteckt. Dann bin ich mit der Lampe in der Hand durch den Flur ins andere Zimmer der Wohnung gegangen.
Ich habe die eisernen Fensterläden geöffnet und hatte große Mühe, die Flügel zusammenzuklappen, denn sie waren verrostet. Ich brauchte die Beleuchtung durch die Petroleumlampe nicht mehr: eine Straßenlaterne dem Fenster genau gegenüber verbreitete ein weißes Licht im Zimmer.
Links ein kleiner Wandschrank. Das obere Fach war leer. An die Rückwand gelehnt ein Paar altmodische Ski. Auf dem Grund des Schranks ein Koffer aus Pappkarton. Er enthielt ein Paar Skistiefel und die aus einer Zeitschrift herausgerissene Seite, auf der ich einige Fotos erkennen konnte. Ich habe die Hochglanzseite genommen und im Licht der Straßenlaterne den Text gelesen, um den die Fotos gruppiert waren:
MÉGÈVE WAR NICHT VERLASSEN. FÜR MANCHE JUNGEN LEUTE ENTSPANNUNG IN IHREM SOLDATENLEBEN, FÜR ANDERE DIE LETZTEN FERIEN, BEVOR SIE INS FELD ZIEHEN.
Auf zwei der Fotos habe ich Rigaud erkannt, mit zwanzig Jahren. Das eine zeigte ihn auf seine Skistöcke gestützt, am Anfang einer Piste, das andere auf dem

Balkon eines Chalets in Begleitung einer Dame und eines Mannes, der eine große Sonnenbrille trug. Unten auf diesem letzten Foto stand: Madame Édouard Bourdet, P. Rigaud, Sieger der studentischen Skimeisterschaften 1939, und Andy Embiricos. Dem Gesicht von Madame Édouard Bourdet war mit Bleistift ein Schnurrbart hinzugefügt worden, und ich war mir sicher, daß Rigaud selbst ihn gezeichnet hat.
Ich habe mir vorgestellt, daß er die Ski, die Stiefel und die Seite aus dem Luxusjournal, die aus der Zeit der Drôle de Guerre stammte, von zu Hause in der Rue de Tilsitt zum Boulevard Soult gebracht hatte. In diesem Zimmer, wohin er sich mit Ingrid flüchtete, muß er eines Abends – an dem Abend der ersten Bombardierung von Paris, als keiner von beiden in den Keller hinunterging – mit Verblüffung diese Dinge betrachtet haben wie Reliquien aus einem früheren Leben – seinem Leben als braver junger Mann. Die Welt, in der er großgeworden und die bis zum zwanzigsten Lebensjahr die seine gewesen war, war ihm so fern und so lächerlich erschienen, daß er, während er auf das Ende des Bombardements wartete, mit zerstreuter Hand dieser Dame Bourdet einen Schnurrbart gezeichnet hatte.

Bevor ich die Wohnungstür zumachte, habe ich nachgeprüft, ob der gelbe Schlüssel, den mir der Hausmeister gegeben hatte, noch in der Tasche war. Dann bin ich im Halbdunkel die Treppe hinuntergegangen, denn ich hatte den Lichtschalter nicht gefunden.
Draußen auf dem Boulevard war die Nacht ein biß-

chen kühler als sonst. Vor der Tankstelle saß der Kabyle im blauen Overall auf einem Stuhl und rauchte. Er winkte mir zu.
»Sind Sie allein?« fragte ich ihn.
»Er ist schlafen gegangen. Er wird mich nachher ablösen.«
»Arbeiten Sie die ganze Nacht?«
»Die ganze Nacht.«
»Auch im Sommer?«
»Ja. Das stört mich nicht. Ich schlafe nicht gern.«
»Falls Sie mich brauchen«, sagte ich, »könnte ich Sie ablösen, wann immer sie wollen. Ich wohne jetzt im Viertel und habe sonst nichts zu tun.«
Ich habe mich auf den Stuhl ihm gegenüber gesetzt.
»Wollen Sie ein bißchen Kaffee?« fragte er.
»Gern.«
Er ist ins Büro der Tankstelle gegangen und mit zwei Tassen Kaffee wiedergekommen.
»Ich habe ein Stück Zucker hineingetan. Ist das recht so?«
Wir saßen jetzt auf unseren Stühlen und tranken in kleinen Schlucken.
»Sind Sie zufrieden mit der Wohnung?«
»Sehr zufrieden«, sagte ich.
»Ich habe sie auch mal für drei Monate von meinem Freund gemietet, bevor ich in der Gegend ein Zimmer gefunden habe.«
»Und die Wohnung war leer wie jetzt?«
»Es war nur noch ein altes Paar Ski da in einem Schrank.«
»Da sind sie immer noch«, sagte ich. »Und Ihr Freund

hat keine Ahnung, wo er den früheren Eigentümer finden könnte?«

»Er ist vielleicht tot, denke ich.«

Er stellte seine Kaffeetasse sich zu Füßen auf dem Bürgersteig ab.

»Wenn er nicht tot ist, könnte er doch von sich hören lassen«, sagte ich.

Schulterzuckend lächelte er mir zu. Wir haben eine Weile geschwiegen. Er schien nachdenklich.

»Jedenfalls war er ein Mann«, sagte er, »der den Wintersport geliebt haben muß ...«

Zurück im Hotel, habe ich den Aktendeckel geöffnet, der meine Aufzeichnungen über Ingrids Leben enthielt, und die aus der Illustrierten gerissene Seite und den an Rigaud adressierten Umschlag hineingelegt. Ja, die Rue de Tilsitt Nr. 3 war der Wohnsitz von Madame Paul Rigaud gewesen. Ich hatte es nach Überprüfung in einem alten Telefonbuch auf einem Blatt Papier vermerkt. Während der paar Tage, da Ingrid mit Rigaud in der Rue de Tilsitt gewohnt hatte, war in Paris Schnee gefallen, und sie sind nicht aus der Wohnung gegangen. Durch die großen Fenster des Salons betrachteten sie den Schnee, der den Platz und die Avenuen rund herum bedeckte und die Stadt in einen Mantel aus Stille, Sanftheit und Schlaf hüllte.

Ich bin gegen Mittag aufgewacht und habe erneut gehofft, bevor der Tag zu Ende ginge, eine Nachricht oder einen Telefonanruf von Annette zu erhalten. Ich

bin in das Café auf der anderen Seite des Platzes mit dem Springbrunnen gegangen, um zu frühstücken. Bei meiner Rückkehr habe ich den Hotelbesitzer darauf hingewiesen, daß ich bis zum Abend in meinem Zimmer bliebe, damit er nicht vergäße, mich zu holen, wenn meine Frau anriefe.
Ich habe beide Fensterflügel geöffnet. Ein strahlender Sommertag. Gar nicht mehr die Gluthitze der vorangegangenen Tage. Eine von Betreuern geführte Kindergruppe geht auf das ehemalige Kolonialmuseum zu. Beim Eisverkäufer bleiben sie stehen. Das Wasser der Fontänen glitzert in der Sonne, und ich habe keinerlei Schwierigkeiten, mich von diesem friedlichen Julinachmittag, wo ich im Augenblick bin, in den fernen Winter zu versetzen, wo Ingrid zum erstenmal Rigaud begegnet ist. Es besteht keine Grenze mehr zwischen den Jahreszeiten, zwischen Vergangenheit und Gegenwart.

Es war an einem der letzten Novembertage. Sie hatte am späten Nachmittag wie üblich den Kurs der Tanzschule im Châtelet verlassen. Sie hatte nicht mehr viel Zeit, um zu ihrem Vater ins Hotel am Boulevard Ornano zurückzukehren, wo sie seit Anfang des Herbstes wohnten: wegen des Attentats vom Vortag in der Rue Championnet auf deutsche Soldaten würde die Ausgangssperre an jenem Abend im ganzen Arrondissement um sechs Uhr beginnen.
Sie hatte zum erstenmal in ihrem Leben Geld verdient, indem sie mit einigen Freundinnen während der ganzen vorangegangenen Woche auf der Bühne des Châ-

telet in *Wiener Walzer* Statisterie gemacht hatte. Fünfzig Francs Gage. Die Nacht brach schon herein, und sie ging über den Platz Richtung Metroeingang. Warum fühlte sie sich an jenem Abend bei der Aussicht, zu ihrem Vater zurückzukehren, so entmutigt? Doktor Jougan war nach Montpellier umgezogen und würde ihrem Vater nicht mehr helfen können, wie er es bis dahin getan hatte, indem er ihn in seiner Klinik in Auteuil beschäftigte. Er hatte ihrem Vater vorgeschlagen, zu ihm nach Montpellier in die freie Zone zu kommen, aber man mußte heimlich die Demarkationslinie überschreiten ... Der Doktor hatte ihren Vater natürlich an die anderen Personen der Klinik von Auteuil weiterempfohlen, doch diese besaßen weder die Großmut noch die Beherztheit von Doktor Jougan: sie hatten Angst, man könnte entdecken, daß ein Österreicher, der als Jude erfaßt war, insgeheim in ihrer Klinik arbeitete ...
Sie erstickte im Metroabteil, wo man dicht aneinandergedrängt war. Es waren mehr Leute darin als sonst, zweifellos wegen dieser Ausgangssperre um sechs Uhr. An der Station Strasbourg-Saint-Denis waren so viele Menschen eingestiegen, daß die Türen nicht mehr zugingen. Sie hätte mit den fünfzig Francs von *Wiener Walzer* ein Rad-Taxi nehmen sollen. Oder sogar eine Droschke. Die ganze Fahrt über bis zum Boulevard Ornano hätte sie sich vorgestellt, daß der Krieg zu Ende wäre und sie durch eine andere Stadt führe in einer glücklicheren Zeit als dieser, der Zeit des *Wiener Walzers* zum Beispiel.

Sie ist nicht wie sonst an der Station Simplon ausgestiegen, sondern an der Station Barbès-Rochechouart. Es war halb sechs. Sie ging lieber an der frischen Luft bis zum Hotel.
Gruppen deutscher Soldaten und französische Polizisten standen am Anfang des Boulevard Barbès wie an einem Grenzübergang. Sie hatte das Gefühl, wenn sie in den Boulevard einböge wie die Leute, die ins 18. Arrondissement heimkehrten, würde sich die Grenze für immer hinter ihr schließen.
Sie folgt dem Boulevard de Rochechouart auf dem linken Bürgersteig, dem des 9. Arrondissements. Ab und zu wirft sie einen Blick auf den Bürgersteig gegenüber, der die Grenzlinie der Ausgangssperre markiert und wo es dunkler ist, obwohl die Stunde noch nicht geschlagen hat: noch fünfzehn Minuten, bevor die Grenze geschlossen wird, und wenn sie sie bis dahin nicht überschritten hat, wird sie nicht mehr zu ihrem Vater ins Hotel zurückkehren können. Auch die Metrostationen des Viertels werden um sechs Uhr geschlossen. An der Place Pigalle ein weiterer Grenzübergang. Deutsche Soldaten um einen Lastwagen herum. Doch sie geht immer geradeaus, auf demselben Bürgersteig, den Boulevard de Clichy entlang. Nur noch zehn Minuten. Place Blanche. Da bleibt sie einige Augenblicke stehen. Sie schickt sich an, den Platz und die Grenze zu überqueren, sie macht drei Schritte vorwärts und bleibt erneut stehen. Sie geht zurück auf den Bürgersteig der Place Blanche, auf die Seite des 9. Arrondissements. Nur noch fünf Minuten. Man darf dem Taumel nicht nachgeben und sich nicht von der

Dunkelheit aufsaugen lassen, die sich auf der anderen Seite ausbreitet. Man muß auf dem Bürgersteig des 9. Arrondissements aushalten. Sie geht vor dem Café des Palmiers und der Apotheke an der Place Blanche auf und ab. Sie bemüht sich, an nichts zu denken und vor allem nicht an ihren Vater. Sie zählt. Dreiundzwanzig, vierundzwanzig, sechsundzwanzig, siebenundzwanzig ... Sechs Uhr. Sechs Uhr fünf. Sechs Uhr zehn. Das wär's. Es ist vorbei.

Sie muß weiter geradeaus gehen auf demselben Bürgersteig und vermeiden, zur Seite zu blicken, dorthin, wo die Zone der Ausgangssperre beginnt. Sie beschleunigte den Schritt, als ginge sie auf einem schmalen Steg und fürchtete, jeden Augenblick ins Leere zu stürzen. Sie hält sich dicht an den Häuserfronten und der Mauer des Lycée Jules-Ferry, wo sie im letzten Jahr noch zur Schule ging.

Jetzt, da sie die Place de Clichy überquert hat, kehrt sie dem 18. Arrondissement endlich den Rücken. Sie läßt dieses für immer in der Ausgangssperre versunkene Viertel hinter sich. Es ist, als wäre sie rechtzeitig von einem sinkenden Boot gesprungen. Sie will nicht an ihren Vater denken, denn sie fühlt sich dieser dunklen, stillen Zone, aus der niemand je wieder herauskönnen wird, noch zu nah. Sie, sie hat sich mit knapper Not in Sicherheit gebracht.

Sie hat nicht mehr dieses Erstickungsgefühl, das sie in der Metro und vorhin an der Kreuzung Barbès-Rochechouart ergriffen hatte, als sie die Gruppen von unbeweglich dastehenden Soldaten und Polizisten sah. Es kommt ihr vor, als wäre die Avenue, die sich vor ihr auftut, ein großer Waldweg, der weiter weg, im Westen, aufs Meer stößt, das Meer, dessen Gischt ihr der Wind schon ins Gesicht bläst.

Gerade als sie an der Place de l'Étoile ankam, begann es zu regnen. Sie hat sich unter einem Vordach in der Rue de Tilsitt untergestellt. Im Erdgeschoß des Nebenhauses eine Teestube, die Le Rendez-vous hieß. Sie hat lange gezögert, bevor sie eintrat, wegen ihres Sportmantels und ihres alten Pullovers.

Sie sitzt an einem Tisch im Hintergrund. An diesem Abend sind nicht viele Gäste da. Sie fährt auf: der Klavierspieler da drüben spielt eine Melodie aus *Wiener Walzer*. Eine Serviererin bringt ihr eine Tasse Schokolade und eine Makrone und schaut sie seltsam an. Sie fragt sich plötzlich, ob sie das Recht hat, hier zu bleiben. Vielleicht ist diese Teestube für »Minderjährige ohne Begleitung« verboten. Warum ist ihr dieser Ausdruck eingefallen? Minderjährige ohne Begleitung. Sie ist sechzehn Jahre alt, aber sie sieht aus wie zwanzig. Sie hat versucht, in die Makrone zu beißen, doch sie ist hart und die Schokolade sehr blaß, fast malvenfarben. Sie schmeckt nicht wirklich nach Schokolade. Werden die fünfzig Francs, die sie für ihre Statistenrolle in *Wiener Walzer* verdient hat, genügen, um die Rechnung zu bezahlen?

Wenn die Teestube schließt, wird sie draußen im Regen stehen. Und sie wird einen Platz suchen müssen, wo sie sich bis Mitternacht unterstellen kann. Und nach der Sperrstunde? Sie gerät in Panik. Daran hatte sie nicht gedacht, als sie dicht an den Häuserwänden entlangschritt, um der anderen Ausgangssperre, der von sechs Uhr abends, zu entgehen. An einem Nebentisch hat sie zwei junge Leute bemerkt. Der eine trägt einen hellgrauen Anzug. Das pausbäckige Gesicht bildet einen Kontrast zur Härte des Blicks und zu dem Mund mit den schmalen Lippen. Was den Blick hart und starr macht, ist ein großer Fleck am rechten Auge. Das blonde Haar ist zurückgekämmt. Der andere ist dunkelhaarig und trägt eine abgewetzte Tweedjacke. Sie sprechen leise. Ihr Blick hat den des Dunkelhaarigen gekreuzt. Der andere öffnet mit einer jähen Bewegung ein goldenes Zigarettenetui, steckt sich eine Zigarette zwischen die Lippen und zündet sie mit einem Feuerzeug an, das so golden ist wie das Zigarettenetui. Man könnte glauben, er rechtfertige sich vor dem Dunkelhaarigen. Manchmal erhebt er die Stimme, doch die Klaviermusik erstickt seine Worte. Der Dunkelhaarige hört zu und pflichtet ihm ab und zu bei. Ihr Blick hat den seinen noch einmal gekreuzt, und er hat ihr zugelächelt.

Der Blonde mit dem hellgrauen Anzug hat dem Dunkelhaarigen lässig zugewinkt, bevor er die Teestube verließ. Der andere ist allein am Tisch geblieben. Der Klavierspieler spielt immer noch die Melodie aus *Wiener Walzer*. Sie fürchtet, daß die Stunde gekommen ist, da die Teestube schließt.

Alles wankt um sie herum. Sie versucht, ein nervöses Zittern zu unterdrücken. Mit den Fingern umklammert sie die Tischkante, und die Augen hält sie starr auf die Tasse Schokolade und die Makrone gerichtet, die sie nicht hat essen können.

Der Dunkelhaarige ist aufgestanden und nähergekommen.

»Sie scheinen sich nicht sehr wohl zu fühlen ...«

Er hilft ihr aufzustehen. Draußen gehen sie ein paar Schritte im Regen, und sie fühlt sich besser. Er hält sie am Arm.

»Ich bin nicht nach Hause gegangen ... ins 18. Arrondissement ... Wegen der Ausgangssperre ...«

Sie hat diese Worte sehr rasch gesagt, als wolle sie sich von einer Last befreien. Sie beginnt plötzlich zu weinen. Er drückt ihren Arm.

»Ich wohne ganz in der Nähe ... Sie werden mit zu mir kommen ...«

Sie folgen der Biegung der Straße. Es ist genauso dunkel wie zuvor, als sie am Rand des Sperrbereichs war und mit aller Kraft gegen den Taumel ankämpfte, um nicht den Bürgersteig des neunten Arrondissements zu verlassen. Sie überqueren eine Avenue, deren Straßenlaternen ein schwaches bläuliches Licht verbreiten.

»Was machen Sie Schönes im Leben?«

Er hat ihr die Frage in liebevollem Ton gestellt, um ihr Vertrauen zu gewinnen. Sie hat aufgehört zu weinen, aber sie spürt die Tränen, die ihr übers Kinn laufen.

»Tänzerin.«

Sie war eingeschüchtert, als sie durch das Gittertor und über den Hof eines jener großen Stadthäuser gingen, die die Place de l'Étoile säumen. Im zweiten Stock hat er die Eingangstür geöffnet und sie vorgelassen. Brennende Lampen und Kronleuchter. Die Vorhänge sind zugezogen, um das Licht zu verbergen. Sie hat nie in ihrem Leben so geräumige Zimmer und so hohe Decken gesehen. Sie haben eine Diele durchquert und dann ein Zimmer, dessen Wände von Regalen mit alten Büchern bedeckt sind. Ein Holzfeuer verglomm im Kamin des Salons. Die Scheite waren fast aufgezehrt. Er sagte, sie solle ihren Mantel ablegen und sich auf das Sofa setzen. Am Ende des Salons birgt ein verglaster Rundbau einen Wintergarten.

»Sie können zu Hause anrufen.«

Er hat das Telefon neben sie auf das Sofa gestellt. Sie hat einen Augenblick gezögert. Sie können zu Hause anrufen. Sie erinnerte sich wohl der Nummer: Montmartre 33-83, die Nummer des Cafés im Erdgeschoß des Hotels. Der Besitzer würde sich melden, es sei denn, er hätte das Café wegen der Ausgangssperre geschlossen. Sie hat mit zögerndem Finger die Nummer gewählt. Er stand gebückt vor dem Kamin und bewegte mit einem Schürhaken die Scheite.

»Können Sie Doktor Teyrsen eine Nachricht zukommen lassen?«

Sie hat mehrmals den Namen wiederholen müssen.

»Der Doktor, der im Hotel wohnt ... Ja ... Von seiner Tochter ... Sagen Sie ihm, alles ist in Ordnung ...«

Sie hat aufgelegt, sehr rasch. Er hat sich neben sie auf das Sofa gesetzt.

»Wohnen Sie im Hotel?«
»Ja. Mit meinem Vater.«
Ihre beiden Zimmer würden leicht in eine Ecke des Salons passen. Sie sieht die Eingangstür des Hotels vor sich und die mit einem roten Teppich belegte Wendeltreppe, die steil in den ersten Stock hinauf führt. Rechts im Flur die Zimmer 3 und 5. Und dieser Salon, in dem sie sich jetzt befindet, mit den Seidenvorhängen, der Holztäfelung, dem Kronleuchter, den Bildern und dem Wintergarten ... Sie fragt sich, ob sie in derselben Stadt ist oder ob sie träumt wie zuvor in der Metro, als sie sich vorstellte, sie würde mit der Droschke zum Boulevard Ornano zurückkehren. Und doch sind es von hier bis zum Boulevard Ornano nicht mehr als ein Dutzend Metrostationen.
»Und Sie? Wohnen Sie allein hier?«
»Ja.«
Er zuckt bedauernd die Schultern, als wolle er sich entschuldigen.
Etwas erregt plötzlich ihr Vertrauen. Seine Tweedjacke, deren Futter zerrissen ist, wie sie gerade sah, als er mit einer zu jähen Bewegung das Telefon vom Sofa nahm. Und seine groben Schuhe. Der eine hat nicht einmal einen Schnürsenkel.

Sie haben in der Küche ganz am Ende der Wohnung zu Abend gegessen. Aber es gab nicht viel. Dann sind sie in den Salon zurückgekehrt, und er hat gesagt:
»Sie werden zum Schlafen hier bleiben.«
Er hat sie ins Nebenzimmer geführt. Im allzu grellen

Licht des Kronleuchters stand ein Himmelbett mit einem Baldachin aus Seide und Schnitzereien.
»Das war das Zimmer meiner Mutter ...«
Er hat bemerkt, daß sie überrascht war von diesem Himmelbett und diesem Zimmer, das fast ebenso groß war wie der Salon.
»Wohnt sie nicht mehr hier?«
»Sie ist tot.«
Die Härte dieser Antwort hat sie aus der Fassung gebracht. Er hat ihr zugelächelt.
»Ich habe schon lange keine Eltern mehr.«
Er ging im Zimmer rundherum, als nähme er die Räumlichkeiten in Augenschein.
»Ich glaube, Sie werden sich hier nicht sehr wohl fühlen ... Besser Sie schlafen in der Bibliothek ...«
Sie hatte den Kopf gesenkt und konnte den Blick nicht von diesem groben Schuh ohne Schnürsenkel lösen, der einen so starken Kontrast zu dem Himmelbett, dem Kronleuchter, der Holztäfelung und der Seide bildete.

In dem Zimmer mit den Wänden voller Bücher, das sie vorher aus der Diele kommend durchquert hatten, zeigte er auf den Diwan:
»Ich muß Ihnen Bettwäsche geben.«
Sehr feine Bettwäsche, zartrosafarben und spitzenbesetzt. Er hatte auch eine karierte Wolldecke und ein kleines Kopfkissen ohne Bezug gebracht.
»Das ist alles, was ich gefunden habe.«
Er schien sich zu entschuldigen.

Sie half ihm, das Bett zu machen.
»Ich hoffe, Sie werden nicht frieren ... Die Heizung ist abgestellt worden ...«
Sie hatte sich auf den Rand des Diwans gesetzt und er auf den alten Ledersessel in der Ecke der Bibliothek.
»Sie sind also Tänzerin?«
Er schien nicht wirklich daran zu glauben. Er blickte sie amüsiert an.
»Ja. Tänzerin im Châtelet. Ich war bei der Besetzung von *Wiener Walzer*.«
Sie hatte einen hochmütigen Ton angeschlagen.
»Ich bin nie im Châtelet gewesen ... Aber ich werde hingehen, um Sie zu sehen ...«
»Leider weiß ich nicht, ob ich noch werde arbeiten können ...«
»Warum?«
»Weil wir Schwierigkeiten haben, mein Vater und ich.«

Sie hatte gezögert, ihn wegen ihrer Lage ins Vertrauen zu ziehen, doch die Tweedjacke mit dem zerrissenen Futter und der Schuh ohne Schnürsenkel hatten sie ermutigt. Und außerdem benutzte er beim Sprechen oft Argotausdrücke, die nicht mit der Vornehmheit und dem Luxus dieser Wohnung zusammenpaßten. So daß sie sich sogar gefragt hatte, ob er wirklich hier wohnte. Doch ein Foto auf einem der Regale der Bibliothek zeigte ihn viel jünger, in Begleitung einer sehr eleganten Frau, die seine Mutter sein mußte.
Er ist hinausgegangen, indem er ihr eine gute Nacht gewünscht und gesagt hat, daß sie morgen zum Früh-

stück echten Kaffee trinken könne. Sie ist jetzt allein in diesem Zimmer, erstaunt, sich auf diesem Diwan wiederzufinden. Sie macht das Licht nicht aus. Wenn sie spürt, daß der Schlaf kommt, wird sie es ausmachen, aber nicht gleich. Sie fürchtet die Dunkelheit wegen der Ausgangssperre heute abend im 18. Arrondissement, diese Dunkelheit, die ihr den Vater und das Hotel am Boulevard Ornano ins Gedächtnis ruft. Wie beruhigend es ist, die Bücherregale zu betrachten, die Lampe aus Opalglas auf dem Tischchen, die seidenen Vorhänge, den großen Louis-quinze-Schreibtisch bei den Fenstern, und auf der Haut die Kühle und Leichtigkeit der Voilebettwäsche zu spüren ... Sie hat ihm nicht die Wahrheit gesagt. Zunächst hat sie behauptet, sie sei neunzehn Jahre alt. Zudem ist sie nicht wirklich Tänzerin im Châtelet. Dann hat sie ihm erklärt, ihr Vater sei ein österreichischer Arzt, der vor dem Krieg nach Frankreich emigriert sei, und er arbeite in einer Klinik in Auteuil. Den Kern des Problems hat sie nicht angesprochen. Sie hat hinzugefügt, daß sie beide nur vorläufig in diesem Hotel wohnten, denn ihr Vater suche eine neue Wohnung. Sie hat ihm auch nicht gestanden, daß sie den Zeitpunkt der Ausgangssperre absichtlich hat verstreichen lassen, um nicht zum Boulevard Ornano zurückzukehren. Zu anderen Zeiten hätte man ihrem Verhalten keine große Bedeutung beigemessen, es wäre bei einem jungen Mädchen ihres Alters sogar banal erschienen und man hätte das einfach Ausreißen genannt.

Am nächsten Tag ist sie nicht ins Hotel am Boulevard Ornano zurückgekehrt. Sie hat wieder Montmartre 33-83 angerufen. Man solle dem Doktor Teyrsen eine Nachricht von seiner Tochter zukommen lassen: »Sagen Sie ihm, er möge sich keine Sorgen machen.« Doch der Besitzer des Cafés und des Hotels, dessen Stimme Ingrid erkannt hatte, gab zur Antwort, daß ihr Vater diesen Anruf erwarte und daß er ihn aus seinem Zimmer holen werde. Da hat sie aufgelegt.
Noch ein Tag ist vergangen. Und noch einer. Sie gingen nicht mehr aus der Wohnung, sie und Rigaud, außer um in einem Schwarzmarktrestaurant ganz in der Nähe, in der Rue d'Armaillé, zu Abend zu essen. Sie sahen sich in einem Kino der Champs-Élysées einen Film an. Es war *Remorques*. Noch ein paar Tage vergingen, und sie rief nicht mehr bei Montmartre 33-83 an. Dezember. Der Winter begann. Es gab neue Attentate, und diesmal wurde die Ausgangssperre ab halb sechs Uhr abends für eine Woche verhängt. Die ganze Stadt versank im Dunkel, in Kälte und Schweigen. Man mußte sich dort, wo man war, zusammenkauern, sich so wenig wie möglich rühren und abwarten. Sie wollte Rigaud nicht mehr verlassen, und der Boulevard Ornano schien ihr so weit weg …

Am Ende der Woche der Ausgangssperre erklärte Rigaud ihr, daß er die Wohnung verlassen müsse, denn das Haus werde verkauft. Es gehörte einem Juden, der ins Ausland geflohen war und dessen Hab und Gut man beschlagnahmt hatte. Er, Rigaud, habe jedoch eine andere Wohnung gefunden, beim Zoo von Vincennes, und wenn sie wolle, könne er sie dahin mitnehmen.

Eines Abends aßen sie in dem Restaurant der Rue d'Armaillé mit dem Blonden im hellgrauen Anzug mit dem Fleck am Auge. Ingrid verspürte instinktiv Antipathie und Mißtrauen ihm gegenüber. Obwohl er sehr freundlich war und ihr Fragen übers Châtelet stellte, wo sie behauptete, Tänzerin gewesen zu sein. Er duzte Rigaud. Sie hatten sich als Kinder in den unteren Klassen des Internats von Passy kennengelernt, und er hätte diese Periode ihres Lebens gern ausführlicher geschildert, wenn Rigaud nicht in barschem Ton gesagt hätte:

»Reden wir nicht mehr darüber ... Das sind böse Erinnerungen ...«

Der Blonde verdiente viel Geld mit Schwarzmarktgeschäften. Er hatte Verbindung mit einem Russen aufgenommen, der seine Büros in einem Privathaus der Avenue Hoche eingerichtet hatte, und mit jeder Menge anderer »interessanter« Leute, die er Rigaud vorstellen würde.

»Das ist nicht nötig«, hatte Rigaud gesagt. »Ich habe vor, Paris zu verlassen ...«

Und das Gespräch war wieder auf die Wohnung gekommen. Der Blonde erbot sich, vor Rigauds Abreise alle Möbel und Bilder aufzukaufen. Er hatte mit einigen seiner »Beziehungen« darüber gesprochen, deren Mittelsmann er sein würde. Er rühmte sich, ein Liebhaber alter Möbel zu sein. Er gab sich als Mann von Welt und wies in gespielt gleichgültigem Ton darauf hin, daß er einen Marschall des ersten Kaiserreichs zum Vorfahren habe. Rigaud nannte ihn einfach Pacheco. Als er sich Ingrid vorgestellt hatte, hatte er mit einer leichten Verneigung gesagt: Philippe de Pacheco.

Am nächsten Nachmittag läutete es an der Wohnungstür. Ein kleiner junger Mann mit Felljacke erklärte, er komme von Pacheco mit einem Lastwagen und Möbelpackern. Er habe sich erlaubt, das Tor aufzumachen und den Lastwagen in den Hof zu stellen, falls niemand etwas dagegen hätte. Während die Möbelpacker begannen, die Möbel zusammenzustellen, flüchteten Ingrid und Rigaud ans andere Ende des Salons, in den Wintergarten. Doch nach einer Weile zogen sie es vor wegzugehen. Vor der Freitreppe wartete ein Pritschenwagen mit Plane.

Sie gingen die leicht abfallende Avenue de Wagram entlang. Der Schnee auf den Bürgersteigen war geschmolzen, und eine blasse Wintersonne drang durch die Wolken. Rigaud erklärte ihr, daß Pacheco ihm am Abend das Geld vom Verkauf des Mobiliars bringen werde und daß sie sofort in die neue Wohnung einziehen könnten. Sie fragte ihn, ob er traurig sei, diesen Ort zu verlassen. Nein. Er bedaure es nicht und sei sogar erleichtert, nicht hier zu bleiben.

Sie waren an die Place des Ternes gekommen. Plötzlich ergreift sie ein Taumel: geradeaus weitergehen, Richtung Montmartre, und ins Hotel am Boulevard Ornano zurückkehren, auf dem umgekehrten Weg wie neulich abends, als sie sich von der Zone der Aus-

gangssperre entfernt hat. Sie setzt sich auf eine Bank. Wieder überkommt sie ein nervöses Zittern.
»Was hast du?«
»Nichts. Das geht vorbei.«
Sie machen kehrt. Er faßt sie um die Schultern, und allmählich kann sie beruhigt mit ihm die Avenue de Wagram zurückgehen Richtung Étoile.

Vor der Freitreppe des Hauses stand jetzt ein zweiter Lastwagen neben dem ersten. Sie luden zu mehreren den Louis-quinze-Schreibtisch, eine Konsole und einen Kronleuchter auf. Der kleine junge Mann in der Felljacke überwachte das Kommen und Gehen der Möbelpacker.
»Brauchen Sie noch lange?« fragte Rigaud.
Er antwortete in schleppendem Tonfall:
»Nein ... nein ... Wir sind fast fertig ... Die ganze Ware wird nicht weit weg gebracht ... in die Avenue Hoche ...«
Das war zweifellos das Privathaus, auf das Pacheco angespielt und wo der Russe seine »Büros« eingerichtet hatte.
»Es ist ja einiges an Ware ...«
Er wippte von einem Bein aufs andere und schaute sie von oben herab an.
In der Bibliothek waren nur noch die Bücher in den Regalen übrig. Sogar die Vorhänge hatten sie entfernt. Im großen Salon stand kein Möbelstück mehr, der Kronleuchter war abgehängt, und sie rollten gerade den Teppich vollends zusammen. Nur die Bilder hin-

gen noch an ihrem Platz. Sie schlossen sich beide in einem Boudoir neben dem Salon ein, aus dem man vergessen hatte, den Diwan zu entfernen.

Gegen sieben Uhr abends erschien Pacheco, begleitet von einem etwa fünfzigjährigen Mann mit fettem Gesicht und silberweißem Haar, der einen pelzgefütterten Mantel trug. Er stellte ihn als Marquis de W. vor. Er war derjenige, der sich für die Bilder interessierte. Er wollte sie sehen, um einige auszuwählen oder eventuell alle zu nehmen. Der kleine junge Mann in der Felljacke hatte sich zu ihnen gesellt und schien diesen angeblichen Marquis de W. sehr gut zu kennen, denn er hatte in schleppendem Tonfall zu ihm gesagt:
»Wollen Sie sich die Ware ansehen?«
Im Salon besichtigte der Marquis de W., der seinen Mantel nicht abgelegt hatte, eins nach dem anderen die Bilder. Der kleine junge Mann in der Felljacke stand hinter ihm und sagte nach kurzer Zeit:
»Nehmen wir's ab?«
Und auf ein zustimmendes Nicken des Marquis de W. hin nahm er das Bild ab und stellte es unten an die Wand. Am Ende dieser Besichtigung waren alle Bilder abgehängt. Rigaud und Ingrid hielten sich abseits. Der Marquis de W. wandte sich zu Pacheco:
»Ist Ihr Freund immer noch einverstanden mit dem Preis, den wir festgelegt haben?«
»Immer noch.«
Rigaud sah sich gezwungen, sich zu ihnen zu stellen, und der Marquis de W. sagte:

»Ich nehme alle Bilder. Ich hätte gern die Möbel gekauft, aber ich brauche sie nicht.«
»Wir haben schon einen Kunden gefunden«, sagte Pacheco.
Rigaud hatte sich unmerklich von ihnen entfernt. Ingrid stand am Rand des Salons, ganz nahe der Tür. Er kam zu ihr. Er betrachtete diese drei Männer da drüben, mitten in dem leeren Zimmer, der eine in seinem pelzgefütterten Mantel, der ebenso neu schien wie sein Adelstitel, Pacheco in einem Regenmantel mit hochgeschlagenem Kragen und der jüngste in seiner Felljacke. Sie sahen aus wie Einbrecher, die gerade ihre Arbeit vollendet, aber nichts zu befürchten haben und sich noch am Ort ihrer Untat aufhalten können. Das Licht kam von einer nackten Glühbirne, die anstelle des Kronleuchters an einem Kabel hing.

Der Marquis de W. und der kleine junge Mann in der Felljacke verließen als erste die Wohnung und begannen, die Treppe hinunterzugehen. Pacheco reichte Rigaud eine Schuhschachtel:
»Da ... Prüf' nach, ob die Rechnung stimmt ... Begleitet ihr uns hinaus?«
Rigaud, mit der Schuhschachtel in der Hand, ging Ingrid auf der Treppe voraus. Auf der Freitreppe des Hauses trafen sich alle wieder. Es war dunkel, und ein feiner Schnee fiel. Der größere der Pritschenwagen setzte sich in Bewegung und hatte Mühe, in die Rue de Tilsitt einzubiegen. Dann folgte der andere Lastwagen.

»Wir könnten vielleicht zusammen essen«, schlug Pacheco vor.
Rigaud nickte zustimmend. Ingrid stand abseits.
»Ich lade Sie ein«, sagte der Marquis de W.
»Und wenn wir in das Restaurant von neulich abends gingen?« sagte Pacheco.
»Wo war das?« fragte der Marquis de W.
»Rue d'Armaillé. Bei Moitry.«
»Gute Idee«, sagte der Marquis de W. Und zu Rigaud gewandt:
»Es scheint, das Haus ist beschlagnahmt und man kann es kaufen. Ich hätte gern, daß Sie mir ein paar Tips dazu geben.«
Der kleine junge Mann in der Felljacke blieb in der Haltung eines Leibwächters an der Seite des Marquis de W. Jetzt fiel der Schnee in dicken Flocken.
»Wir treffen uns in einer Stunde bei Moitry«, sagte Rigaud. »Ich muß mich da oben ein letztes Mal umschauen.«
Er stellte sich zu Ingrid auf die Freitreppe. Beide sahen zu, wie die anderen den Hof überquerten und durchs Tor gingen. Mit der Gebärde eines herrschaftlichen Chauffeurs öffnete der kleine junge Mann in der Felljacke den Schlag einer schwarzen Limousine, die dort stand.
Der Marquis de W. und Pacheco stiegen ein. Es schneite immer stärker, und das Automobil verschwand an der Biegung der Rue de Tilsitt.

Rigaud hatte eine Reisetasche in den Salon gebracht. Im grellen Licht der von der Decke hängenden Glühlampe packte er ein paar Pullover, eine Hose und die mit Banknoten gefüllte Schuhschachtel ein, die ihm Pacheco gegeben hatte. Ingrid hatte nur die Kleider, die sie auf dem Leib trug. Er machte die Reisetasche zu.

»Müssen wir mit ihnen essen gehen?« fragte Ingrid.

»Nein... nein... Ich hüte mich vor diesen Leuten...«

Sie war erleichtert. Auch sie fühlte sich in ihrer Gegenwart unbehaglich.

»Wir gehen gleich in die andere Wohnung...«

Er löschte beim Verlassen des Salons das Licht nicht. Als er eben die Wohnungstür schließen wollte, sagte er zu Ingrid, die auf dem Treppenabsatz stand:

»Warte einen Augenblick auf mich...«

Er kam bald mit einem Paar Ski und groben Schuhen zurück, die er in die Reisetasche packte.

»Das sind Erinnerungsstücke...«

Auf der Treppe hielt jeder einen Griff der Reisetasche. Rigaud hatte die Ski geschultert.

Es fiel immer noch Schnee. Der Bürgersteig war mit einer weißen Schicht bedeckt, die in der Dunkelheit schimmerte. Der Platz war wie ausgestorben, und sie sanken bis zu den Knöcheln im Schnee ein. Der Arc de Triomphe zeichnete sich im Mondlicht deutlich ab.

»Schade, daß du keine Ski hast«, sagte Rigaud. »Wir hätten mit den Ski da rüber laufen können...«

Sie gingen die Treppen der Metrostation hinunter. Es waren weniger Leute im Abteil als an jenem Abend zwischen Châtelet und Barbès-Rochechouart. Ingrid hatte sich auf eine Bank in die Nähe der Türen gesetzt und hielt die Reisetasche auf ihren Knien. Rigaud blieb stehen wegen seiner Ski. Die anderen Fahrgäste betrachteten ihn neugierig. Und er achtete schließlich nicht mehr auf die aufeinanderfolgenden Haltestellen der Linie: Marbeuf, Concorde, Palais-Royal, Louvre ... Er preßte die Ski auf seine Schulter und stellte sich vor, wieder wie letztes Jahr in der Seilbahn zu sein, die ihn ganz hinauf nach Rochebrune brachte.

Der Zug hielt an der Station Nation. Er fuhr nicht weiter. Rigaud und Ingrid hatten die Station Bastille verpaßt, wo sie hätten umsteigen müssen in den Zug zur Porte Dorée.

Am Ausgang der Metro gerieten sie auf ein großes Schneefeld. Weder er noch sie kannte dieses Viertel. Vielleicht gab es eine Straße, auf der man schneller zum Boulevard Soult Nr. 20 kam? Sie beschlossen, dem sichersten Weg zu folgen: dem Cours de Vincennes.

Sie gingen dicht an den Fassaden der Häuser entlang, dort, wo der Schnee weniger tief war. Rigaud trug die Ski auf der Schulter und in der linken Hand die Reisetasche. Ingrid hatte die Hände in den Manteltaschen, denn ihr war kalt.

Sie sahen einen Schlitten, vor den ein schwarzes Pferd gespannt war, auf dem Bürgersteig vorüberfahren.

Die Stille, der Vollmond und der phosphoreszierende Schnee riefen vielleicht Trugbilder hervor. Der Schlitten glitt langsam dahin, mit der Geschwindigkeit eines Leichenwagens. Rigaud legte seine Ski auf den Boden, lief und sprach den Kutscher an. Der brachte das Pferd zum Stehen.

Er willigte ein, sie zum Boulevard Soult Nr. 20 zu bringen. Normalerweise fuhr er eine Droschke, doch seit vierzehn Tagen, seit Paris unterm Schnee begraben war, benutzte er diesen Schlitten, den er in einem Schuppen in Saint-Mandé, bei ihm in der Nähe, entdeckt hatte. Er trug eine dicke Felljacke und eine Fischermütze.

Sie gleiten den Cours de Vincennes entlang. Rigauds Ski sind hinten auf dem Schlitten befestigt. Der Kutscher gibt dem Pferd mit einer schroffen Armbewegung die Peitsche, wenn es im Schritt geht. Doch es trabt schneller, je näher sie der Porte de Vincennes kommen. Sie wissen nicht mehr, in welcher Stadt sie sind und welche Gefilde sie durchqueren. Der Schlitten fährt durch kleine Straßen, um wieder auf den Boulevard Soult zu stoßen. Ein ausgestorbenes, stilles Bergdorf während der Mitternachtsmesse. Ingrid hat sich an Rigauds Schulter geschmiegt.

Am späten Vormittag habe ich mein Hotelzimmer verlassen, ohne eine Nachricht von Annette erhalten zu haben, und bin in die Wohnung zurückgekehrt. Ich habe den gelben Schlüssel ins Schloß gesteckt und Mühe gehabt, die Tür zu öffnen.

Ich habe den Hausmeister im hinteren Zimmer überrascht, der die Ehebetten bezog.

»Das ist nicht nötig«, habe ich zu ihm gesagt. »Ich mache es selbst.«

Er hat sich aufgerichtet.

»Das ist doch das Mindeste, Monsieur. Sie wollen hier ja wohl nicht kampieren?«

Er sah mich vorwurfsvoll an.

»Und heute nachmittag werde ich staubsaugen. Hier gibt es viel zu viel Staub ...«

»Finden Sie?«

»Ja. Viel zu viel.«

Der Staub hatte sich seit Ingrids und Rigauds Abreise angesammelt, und ich habe versucht, die Jahre zu zählen.

»Ich werde Ihnen die Ski und die alten Stiefel wegschaffen, die im Schrank herumstehen ...«

»Nein. Sie müssen an ihrem Platz bleiben.«

Er schien erstaunt über meine Entschlossenheit.

»Stellen Sie sich vor, dieser Monsieur Rigaud kommt wieder und findet seine Ski nicht mehr ...«

Er zuckte mit den Schultern.

»Er wird nicht mehr wiederkommen.«

Ich habe ihm geholfen, die Leintücher um die Matratze zu schlagen. Wir mußten die beiden zusammengeschobenen Ehebetten auseinanderrücken.
»Das Telefon wird Anfang der Woche wieder angestellt«, hat er gesagt. »Und der Strom heute nachmittag.«
Also stand alles zum besten. Ich würde Annette anrufen und ihr sagen, sie solle hierherkommen. Wir würden beide in dieser Wohnung wohnen. Anfangs wäre sie erstaunt, aber schließlich würde sie verstehen, wie sie viele Dinge verstanden hatte, als wir uns kennenlernten.

Wir sind auf den Boulevard Soult hinausgetreten und bis zur Tankstelle gegangen. Der Kabyle im blauen Overall hat mir die Hand gedrückt.
»Ich überlasse dir den Dienst«, sagte er zum Hausmeister.
»Leisten Sie mir ein bißchen Gesellschaft?« fragte der Hausmeister mich.
»Gern.«
Wir haben uns in der Nähe der Zapfsäule auf die Stühle gesetzt. Wir saßen in der Sonne. Sie betäubte uns nicht wie an den Tagen zuvor, sondern hüllte uns mit milder Wärme und orangefarbenem Licht ein.
»Es ist schon Herbst«, sagte der Hausmeister. Und er zeigte mir am Fuß eines Baums, auf dem Eisengitter, das den Stamm umschloß, einige welke Blätter.
»Ich muß daran denken, die Heizkörper in Ihrer Woh-

nung zu überprüfen. Sonst haben Sie im Winter keine gute Heizung.«
»Wir haben noch Zeit«, sagte ich.
»Nicht sehr viel ... Es geht schnell ... Ab September werden die Tage kürzer ...«
»Ich weiß nicht, ob ich im Winter noch da sein werde.«
Ja, plötzlich ließ die Aussicht, den Winter über in diesem Viertel zu bleiben, mir das Herz erstarren. Im Sommer ist man ein Tourist wie die anderen auch, in einer Stadt, die ebenfalls Urlaub genommen hat. Das verpflichtet zu nichts. Doch im Winter ... Und der Gedanke, daß Annette bereit wäre, mein Leben an der Porte Dorée zu teilen, war kein Trost für mich. Mein Gott, wo und wie sollte ich den Winter verbringen?
»Macht Ihnen etwas Sorgen?« hat der Hausmeister mich gefragt.
»Nein.«
Er hat sich von seinem Stuhl erhoben.
»Ich gehe einkaufen fürs Abendessen. Können Sie dableiben? Falls Kunden Benzin wollen, wissen Sie, wie man die Zapfsäule betätigt?«
»Das wird keine Hexerei sein«, habe ich gesagt.

Ein alter marineblauer englischer Wagen stand seit einer Weile in Höhe der Tankstelle am gegenüberliegenden Straßenrand. Ich glaubte, Annettes Auto zu erkennen. Ja. Es war Annettes Auto. Doch den Fahrer konnte ich nicht erkennen.
Das Auto hat auf dem verlassenen Boulevard in großem Bogen gewendet und ist an die Tankstelle heran-

gefahren. Ben Smidane. Er hat den Kopf durch das heruntergedrehte Fenster gesteckt.
»Jean ... Ich habe lange gebraucht, um Sie zu finden ... Ich habe sie seit zehn Minuten beobachtet, um sicher zu sein, daß Sie es sind ...«
Er warf mir ein etwas verzerrtes Lächeln zu.
»Volltanken?« habe ich gefragt.
Und ohne ihm Zeit für eine Antwort zu geben, nahm ich den Schlauch von der Zapfsäule und begann, den Tank zu füllen.
»Sie haben also einen neuen Beruf gefunden?«
Er schlug einen scherzhaften Ton an, doch es gelang ihm nicht, seine Unruhe zu verbergen. Er ist ausgestiegen und hat sich vor mich hingestellt.
»Ich komme von Annette ... Sie müssen auf sie zugehen, Jean ...«
Ich habe den Schlauch der Zapfsäule langsam wieder eingehängt.
»Sie macht sich große Sorgen um Sie.«
»Ganz zu unrecht.«
»Sie hat Sie nicht anrufen wollen, weil sie Angst hat ...«
»Angst wovor?«
Mit einer mechanischen Geste wischte ich über den Scheinwerfer des Autos, das Tuch hatte ich auf der Zapfsäule gefunden.
»Sie hat Angst, daß Sie sie in ein ausweglose Abenteuer hineinziehen ... Das sind ihre eigenen Worte ... Sie will Sie nicht hier treffen ... Sie hat mir gesagt, sie sei nicht mehr zwanzig ...«

Drüben auf dem Bürgersteig kam langsam der Hausmeister auf uns zu, die Einkaufstasche in der Hand. Ich habe ihm Ben Smidane vorgestellt. Dieser hat sich dann wieder ans Steuer gesetzt und gewinkt, mich neben ihn zu setzen. Er ist losgefahren. Annettes Parfüm schwebte im Wageninnern.

»Es wäre so viel einfacher, wenn ich Sie jetzt zu Ihrer Frau zurückbrächte.«

Wir fuhren mit geringer Geschwindigkeit Richtung Porte Dorée.

»Nicht sofort«, sagte ich. »Ich muß noch ein paar Tage hierbleiben.«

»Warum?«

»Um meine Memoiren zu Ende zu schreiben.«

»Sie schreiben Ihre Memoiren?«

Ich sah wohl, daß er mir nicht glaubte. Und doch sagte ich die Wahrheit.

»Nicht wirklich Memoiren«, habe ich gesagt. »Aber fast.«

Wir waren auf dem Platz mit dem Springbrunnen angekommen und fuhren am ehemaligen Kolonialmuseum entlang.

»Ich habe seit langem einige Aufzeichnungen gesammelt, und jetzt versuche ich, daraus ein Buch zu machen.«

»Und warum sollten Sie dieses Buch nicht zu Hause in der Cité Véron bei Annette schreiben können?«

»Ich brauche eine bestimmte Atmosphäre ...«

Aber ich hatte keine Lust, ihm Erklärungen zu liefern.

»Hören Sie zu, Jean ... Ich fahre morgen weg, zum

Indischen Ozean ... Ich werde mehrere Monate dort bleiben ... Ich kann nicht mehr Vermittler sein zwischen Ihnen und Annette ... Es wäre wirklich schade, wenn Sie endgültig alle Brücken hinter sich abbrächen ...«

»Sie haben Glück, daß Sie noch in dem Alter sind, in dem man wegfahren kann ...«

Das war mir herausgerutscht, einfach so. Auch ich wäre gern weggefahren, anstatt mich an der Peripherie dieser Stadt im Kreis zu drehen wie jemand, der keinen Notausgang mehr finden kann. Ich habe so oft den gleichen Traum: Ich bin am Steg, die Wasserski an den Füßen, ich ziehe den Riemen fest und warte, daß das Motorboot startet, um mich mit voller Geschwindigkeit übers Wasser zu ziehen. Aber es startet nicht.

Er hat mich vor dem Eingang des Hotels abgesetzt.

»Jean, versprechen Sie mir, sie so schnell wie möglich anzurufen?«

»Sobald der Anschluß in der Wohnung wieder funktioniert.«

Er hat meine Antwort nicht so recht verstanden.

»Und Ihnen«, habe ich gesagt, »Ihnen wünsche ich eine schöne Schatzsuche im Indischen Ozean.«

In meinem Zimmer habe ich erneut meine Aufzeichnungen studiert. Im Sommer vor dem Krieg und manchmal auch noch während des ersten Jahres der Besetzung fuhr Ingrid nach der Schule vom Lycée Jules-Ferry mit der Metro bis zur Kirche von Auteuil und holte ihren Vater in der Klinik des Doktor Jougan

ab. Diese befand sich in einer kleinen Straße zwischen der Avenue de Versailles und der Seine.
Er verließ die Klinik immer um halb acht Uhr abends. Sie lief, während sie auf ihn wartete, um den Häuserblock. Sie bog erneut in die Straße ein und sah ihn vor der Tür der Klinik winken.
Sie gingen zusammen durch dieses ruhige, fast ländliche Viertel, wo man die Glocke von Sainte-Périne oder von Notre-Dame-d'Auteuil läuten hörte. Und sie gingen zum Essen in ein Restaurant, das ich nicht wiedergefunden habe, als ich neulich abends auf den Spuren von Doktor Teyrsen und seiner Tochter in dieser Gegend spazierengegangen bin.
Ich habe den alten Zeitungsausschnitt entdeckt, der aus dem Winter stammte, als Ingrid Rigaud begegnet war. Ingrid hatte ihn mir gegeben, als ich sie zum letztenmal sah. Beim Essen hatte sie angefangen, mir von dieser ganzen Zeit zu erzählen, und eine Brieftasche aus Krokodilleder hervorgeholt und aus dieser Brieftasche den säuberlich gefalteten Zeitungsausschnitt, den sie all die Jahre über mit sich getragen hatte. Ich erinnere mich, daß sie in diesem Augenblick schwieg und ihr Blick einen seltsamen Ausdruck bekam, als wollte sie mir eine Bürde übergeben, die seit langem schon auf ihr lastete, oder als ahnte sie, daß auch ich mich, später einmal, auf die Suche nach ihr begeben würde.
Es war eine ganz kleine Annonce zwischen den anderen Anzeigen, den Stellengesuchen und -angeboten, den Rubriken der Immobilien- und Geschäftstransaktionen:

»Wir suchen ein junges Mädchen, Ingrid Teyrsen, sechzehn Jahre alt, 1,60 m, ovales Gesicht, graue Augen, brauner Sportmantel, hellblauer Pullover, beigefarbener Rock und Hut, schwarze Sportschuhe. Hinweise an Monsieur Teyrsen, 39 bis, Boulevard Ornano. Paris.«

Sie wohnten in der Wohnung am Boulevard Soult, sie und Rigaud, als Ingrid eines Nachmittags beschlossen hatte, ins 18. Arrondissement zurückzukehren, um mit ihrem Vater zu sprechen und ihm mitzuteilen, daß sie, sobald es möglich wäre, Rigaud heiraten wolle.

Sie las nie Zeitung. Sie wußte nicht, daß einige Wochen zuvor in einer Abendzeitung die Suchanzeige erschienen war. Sie sollte es gleich vom Besitzer des Hotels erfahren.

Der Schnee war geschmolzen, und die Luft war so mild, daß man ohne Mantel ausgehen konnte. Doch auf den Frühling würde man noch einen Monat warten müssen.

Sie hatte zu Fuß gehen wollen und war den Boulevards gefolgt bis Barbès-Rochechouart, wo sie gegen fünf Uhr nachmittags ankam. Diesmal gab es keine Ausgangssperre.

Vor dem Hotel war Ingrid auf und ab gegangen und hatte versucht, die erklärenden Worte zu finden, die sie ihrem Vater sagen würde, um ihr Ausreißen zu rechtfertigen. Doch sie überschlugen sich in ihrem Kopf. Sie war mehrmals um den Häuserblock gegan-

gen. Vielleicht war er um diese Zeit nicht in seinem Zimmer. Wenn er noch in der Klinik in Auteuil arbeitete, wäre er zum Abendessen zurück. Sie würde in seinem Zimmer auf ihn warten. Das war ihr lieber.
Sie hatte das Café betreten. Der Hotelbesitzer stand tagsüber hinter dem Tresen. Sie hatte ihn um die Schlüssel von Nr. 3 und 5 gebeten. Er konnte ihr die Schlüssel nicht geben. Die Zimmer Nr. 3 und 5 waren von anderen Gästen belegt.
Er hat ihr erklärt, daß Mitte Dezember eines Morgens in aller Frühe Polizeibeamte ihren Vater aus seinem Zimmer geholt und mit unbekanntem Ziel mitgenommen hatten.

Ich lag auf einem der Ehebetten, das Zimmerfenster weit geöffnet auf den Boulevard Soult. Es wurde dunkel. Das Telefon hat geläutet. Ich habe einen Augenblick geglaubt, es sei Annette, doch wie konnte sie die Nummer wissen? Ich habe abgenommen. Eine metallische Stimme hat mir mitgeteilt, daß der Anschluß wieder hergestellt sei. Da habe ich unsere Telefonnummer in der Cité Véron gewählt. Nach zweimaligem Läuten habe ich Annettes Stimme gehört:
»Hallo? ... Hallo?«
Ich habe geschwiegen.
»Hallo? ... Bist du es, Jean?«
Ich habe aufgelegt.
Draußen bin ich zur Tankstelle hinübergegangen. In meinem Kopf hallte das Läuten des Telefons wider,

dieses Läuten, das in der Wohnung sicher nie mehr erklungen war, seit Ingrid und Rigaud sie verlassen hatten.

Der Hausmeister und der Kabyle im blauen Overall saßen auf ihren Stühlen vor der Zapfsäule, und ich drückte ihnen die Hand.

»Ich habe ein Fahrrad für Sie gefunden«, sagte der Kabyle. Und er zeigte auf ein an die Wand der Tankstelle gelehntes großes rotes Fahrrad, das keinen Rennlenker hatte.

»Er hat Mühe gehabt, es zu finden«, sagte der Hausmeister. »Wegen des Lenkers.«

»Ich danke Ihnen«, sagte ich. »Ich wollte lieber einen normalen Lenker, um mich nicht vorbeugen zu müssen. So sehe ich die Landschaft.«

»Kommen Sie auch nicht zu spät zurück?« fragte der Hausmeister.

»Gegen Mitternacht.«

Doch ich konnte nicht voraussagen, in welchem Geisteszustand ich um diese Stunde sein würde. Ich hätte zweifellos Lust, einen Umweg über die Cité Véron zu machen, um Annette wiederzusehen und – wer weiß? – zu Hause zu bleiben.

Ein warmer Wind ging – fast ein Schirokko – und blies von den Bäumen ein paar welke Blätter, die durch die Luft wirbelten. Das erste Zeichen des Herbstes. Ich fühlte mich wohl auf dem Fahrrad. Ich hatte befürchtet, die Steigung des Boulevard Mortier nicht hinauffahren zu können. Doch nein. Es ging ganz von allein.

Ich brauchte nicht einmal mehr zu treten. Ein geheimnisvoller Impuls trieb mich an. Kein Auto. Stille. Und selbst, als die Straßenlaternen sich allzu rar machten, konnte ich wegen des Vollmonds gut sehen.
Ich hatte mir nicht vorgestellt, daß der Weg so kurz sei. Und ich zögerte, die Porte Dorée zu verlassen und ins Hotel Fieve bei den Buttes-Chaumont zu ziehen, als müßte ich eine Reise in die Mongolei antreten ... Die Buttes-Chaumont sind ganz nah, und wenn ich wollte, könnte ich in ein paar Minuten in der Rue de l'Atlas Nr. 19 sein, wo Ingrid mit ihrem Vater wohnte, als sie ein Kind war. Schon ahne ich da unten im Schatten die Schienenstränge und die Schuppen der Gare de la Chapelle. Noch ein paar hundert Meter an schlafenden Häuserkomplexen vorbei, und da ist die Porte de Clignancourt. Ich bin seit so vielen Jahren nicht mehr in dieses Viertel gekommen, daß ich beim Wiedersehen heute nacht verstehe, warum es genügte, mich auf diesem roten Fahrrad im Freilauf dahingleiten zu lassen: ich fuhr die Zeit zurück.
Ich bin in den Boulevard Ornano eingebogen und habe etwas weiter weg, an der Kreuzung, gebremst. Ich habe das Fahrrad vor der Apotheke stehenlassen. Nichts stört die Stille. Außer das Wasser, das mit dem Murmeln eines Quells im Rinnstein läuft. In jenem Winter Anfang der sechziger Jahre wohnten wir in einem Hotel der Rue Championnet, dessen Namen ich vergessen habe. Ein paar Schritte in die Straße hinein, und ich stünde davor, doch ich gehe lieber geradeaus weiter. Im Januar jenes Winters hatte Annette eine positive Antwort des Modesalons erhalten und sollte

sich eines Nachmittags dort einfinden, um auf Probe eingestellt zu werden.

Der Tag davor war ein Sonntag. Es hatte geschneit. Wir sind im Viertel spazierengegangen. Einer von uns beiden fing also an zu arbeiten: wir wurden erwachsen. Wir sind in ein Café der Porte de Clignancourt gegangen. Wir haben einen Tisch zwischen zwei Bänken gewählt, ganz hinten, da, wo an der Wand eine kleine Jukebox stand. Abends wollten wir ins Kino Ornano 43, aber es war besser, früh schlafen zu gehen, damit Annette am nächsten Tag in Form war.

Und nun komme ich zu diesem Kino, und man hat es in ein Geschäft verwandelt. Auf der anderen Seite ist das Hotel, in dem Ingrid mit ihrem Vater wohnte, kein Hotel mehr, sondern ein Haus wie alle anderen. Das Café im Erdgeschoß, von dem sie mir erzählt hatte, existiert nicht mehr. Eines Abends war auch sie in dieses Viertel zurückgekehrt, und zum erstenmal hatte sie ein Gefühl der Leere verspürt.

Die Umstände und das Dekor spielen keine große Rolle. Eines Tages überschwemmt uns dieses Gefühl der Leere und der Schuld. Dann verebbt es wieder und verschwindet. Doch schließlich kommt es mit Macht zurück, und sie konnte sich nicht davon befreien. Auch ich nicht.